만주사변과 식민지 조선의 전쟁동원 1
조선인의 독행미담집(篤行美談集) 제1집

만주사변과 식민지 조선의 전쟁동원 1

조선인의 독행미담집(篤行美談集) 제1집

초판 인쇄   2016년 6월 17일
초판 발행   2016년 6월 24일

편 자   조선헌병대 사령부
역 자   이정욱·엄기권
펴낸이   이대현
편 집   권분옥
펴낸곳   도서출판 역락
주 소   서울시 서초구 동광로 46길 6-6 문창빌딩 2층
전 화   02-3409-2060(편집부), 2058(영업부)
팩 스   02-3409-2059
등 록   1999년 4월 19일 제303-2002-000014호
이메일   youkrack@hanmail.net

정 가   17,000원
ISBN   979-11-5686-332-8 94830
         979-11-5686-344-1(전2권)

* 이 도서의 국립중앙도서관 출판예정도서목록(CIP)은 서지정보유통지원시스템 홈페이지(http://seoji.nl.go.kr)와 국가자료공동목록시스템(http://www.nl.go.kr/kolisnet)에서 이용하실 수 있습니다.(CIP제어번호: CIP2016015211)

이 저서는 2007년 정부(교육과학기술부)의 재원으로 한국연구재단의 지원을 받아 수행된 연구임(NRF-2007-362-A00019).

조선인의 독행미담집 제1집

朝鮮の人の
篤行美談集

만주사변과
식민지 조선의 전쟁동원 1

조선헌병대 사령부 편

이정욱·엄기권 역

역락

역자 서문

1933년 조선헌병대 사령부가 간행한『조선인 독행미담집 I (朝鮮の
人の篤行美談集 I)』은 조선총독부 시책인 내선융화를 도모하기 위해 출
판되었다. 당시, 조선헌병대 사령관이었던 이와사 로쿠로(岩佐綠郎)는
머리말에서 내선융화의 첫걸음은 조선인의 장점을 파악하고, 자비
와 어진 마음으로 조선인을 대할 때야 비로소 시작된다고 밝히고
있다. 각 지역 헌병대 지부를 통해 배부한 이 책은 '진정 조선인을
이해할 수 있는 일본인이 한 명이라도 많아지기를 열망'한 것으로
보아 재조 일본인이 대상이었음을 짐작할 수 있다.

이 책은 애국(8편), 의용(5편), 성심(15편), 공익·공덕(10편), 동정·이
웃사랑(18편), 자립자영(5편), 보은·경로(6편), 정직(3편)의 70편의 '모
범적인 조선인'의 이야기가 수록되었다. 지역적으로 살펴보면 경상
남도(16편), 경상북도(9편), 함경남도(9편), 경성(5편) 등 조선 전역에서
이루어진 미담들이 소개되고 있으며 중국의 길림성에 거주한 조선
인들의 미담도 2편 게재되어 있다.

조선헌병대가 선정한 '모범적인 조선인'이야기는 일제강점기 민
초들의 친일의 기록이라 할 수 있다. 황국, 애국, 국방, 군인, 병사,
헌병, 위문, 출동 등의 키워드에서도 알 수 있듯 1931년 중국을 침
략한 일본의 식민지 확장에 협력한 친일의 역사에서 한 번도 거론

된 적이 없던 수많은 조선인들이 그려져 있다. 본서는 일제강점기 아픈 역사를 살았던 조선인들의 기록으로 식민지 지배자에 의해 선정된 역사의 한 페이지일 것이다. 번역에 앞서 이 책을 선정하면서 역자들 사이에서는 일제강점기 민초들의 친일 기록을 찾아내 번역할 필요성이 있느냐며 회의감을 토로한 일도 있다. 하지만, 아픈 역사도 우리가 기억해야 할 역사이며, 김정혜(金貞惠), 박창원(朴昌遠), 백선행(白善行), 김인정(金仁貞), 김영식(金英植) 등, 민족의 교육과 농촌의 빈곤을 퇴치하기 위해 헌신했던 모범적인 조선인 또한 이 책은 그리고 있기에 일제강점기 문화를 이해하는 자료로서 충분한 가치가 있다고 사료된다.

책의 간행을 위해 물심양면으로 지원해 주신 고려대 글로벌 일본연구원 소장님이신 서승원 교수님과 과경 일본어 문학·문화연구회 정병호 교수님, 도서출판 역락의 관계자분들께 감사의 마음을 전하고 싶다.

2016년 6월

이 정 욱

메이지천황 와카(和歌)

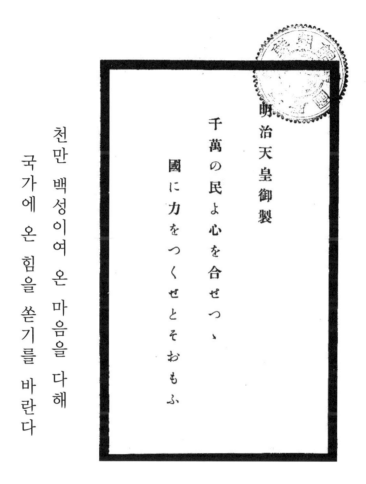

明治天皇御製

千萬の民よ心を合せつ、

國に力をつくせとぞおもふ

천만 백성이여 온 마음을 다해

국가에 온 힘을 쏟기를 바란다

본 책자는 내선융화의 자료로서 수록할 만을 것을 참고하여 배부한다.

머리말

  일한병합의 근본정신은 병합 당시인 1910년 8월 29일 빛을 발하게 된다. 이는 메이지천황의 칙서에 더할 나위 없이 명확히 기재되어 있다. 그 한 구절을 새겨보면 다음과 같다.

  짐은 동양의 평화를 영원히 유지하고 대일본제국의 안전을 오래도록 보장하는 것이 필요하다고 결정, 이미 한국이 혼란의 원인이 된 것을 보고 우리 정부에 한국정부와 협정을 맺어 한국을 제국의 보호 아래 두고 환난의 근원을 근절해 평화를 확보할 것을 기대했다.
  이후 4년 가까이 경과되었고 그 사이 우리 정부는 최선을 다해 한국에서의 시정(施政) 개선에 노력했지만 한국의 현 체제는 아직도 치안 유지가 안전하지 않다. 그에 대한 의심과 염려는 한국 내에도 넘쳐 민중도 안심하고 생활할 수 없는 지경에 이르렀다. 공공의 안전을 유지하고 한국 민중의 행복과 이익을 증진시키기 위해 현 체제에 혁신을 가하는 것이 불가피하게 되었다.

  짐은 한국의 황제폐하와 함께 이 사태에 임하면서 한국을 일본제국에 병합하고 그에 따른 시대의 흐름의 요구를 받아들이는 것이 당연하다고 생각해 여기에 영구히 한국을 일본제국에 병합하기로 했다.

일한병합은 오랫동안 일관된 역사적 사명이자 동양 혼란의 근원을 없애 영원한 평화를 보장하고 동포들의 영구한 건강과 복을 가져옴으로써 인류 역사상 가장 선명하게 빛나는 광채가 될 것이다.

그렇다면 병합의 칙서가 환하게 빛나 내지인[1]과 조선인에게는 융화·단결·공존·공영이라는 확실한 성과를 내기 위해 정진하고 노력해야 할 새로운 사명이 주어진 것이다.

이와는 별도로 조선의 현황을 보면, 병합 후 우리 황실의 보호 아래 조선인들은 밖으로는 외환의 염려가 없어졌으며 안으로는 생명과 재산이 안정되고 튼튼해져, 조선역사 이래 가장 편안하고 행복한 나날을 보내고 있었고 이는 조선의 역사를 아는 이가 모두 수긍하는 바이다.

그럼에도 불구하고 민족주의라는 이름하에 조선의 독립을 기도하거나 공산주의에 빠져 조선의 혁명을 획책하는 일이 끊이지 않는 것은 유감스러운 일이며, (지극히 절실한 것이 많은, 이와 관련한) 병합의 정신에 반하는 준동(蠢動)은 오히려 조선인 스스로를 한 발, 한발 불행의 나락으로 몰아넣는 것으로 조선인을 위해 몹시 애석한 일이 아닐 수 없다.

생각해 보면 오늘날 조선인의 나아갈 길은 지금까지 이어져온 민족관념을 과감히 버리고 야마토(일본) 민족 안에 전념해 진정한 일본제국신민으로 거듭나는 길뿐이다. 따라서 내지인도 부디 진지

---

1) 내지인(內地人)은 일제강점기 일본인을 부르던 말로 이 책에서는 당시 표현인 내지인을 사용하기로 한다. 또한 일본을 의미한 내지(內地)라는 표현도 이에 따른다.

하게 이전의 태도를 깊이 되새기며 형의 사랑으로 순수하게 조선인을 대우해야 할 것이다. 이것이 말하기는 쉽고 막상 실행하려고 하면 가장 어려운 일 중 하나라고 생각할 수 있겠으나 각오와 방법에 따라 오히려 불가능하지는 않다. 여기에 내선융화 촉진의 방법이 가장 절실한 문제이다.

이를 위해 첫째, 내지인은 정신적으로 또 스스로 도덕적으로 깨달아 적극적으로 자비와 어진 마음으로 조선인을 대하는 것이다. 어진 마음으로 사랑하는 정신 즉 깊은 동정심이 있다면 업신여기고 깔본다거나 탐욕스러운 마음은 생기지 않는다. 조선인의 역사와 환경을 잘 살피고 대하는 것이 무엇보다도 필요하다.

다음으로 조선인의 장점을 아는 것이다. 대부분의 내지인은 조선인의 단점만을 알고 장점을 알지 못하는 이가 많다. 확실히 내선융화를 방해하는 요인은 여기에 있지 않을까 생각한다. 장점을 알면 자연히 그 인격을 인식하고 존경의 마음이 저절로 일어날 것이다. 인애와 존경은 친화·융화의 최대사업이다.

내지인 중에는 쓸데없이 우월감에 사로잡혀 조선인을 깔보고 무시하며 그들의 무지를 이용해 이득을 취하려는 이가 전혀 없는 것은 아니다. 이것으로는 도저히 내선융화를 이룰 수 없을 뿐만 아니라 오히려 점점 더 반감의 골을 깊게 할 뿐이다. 내선융화를 촉진하기 위한 방법으로 이외에도 여러 가지가 있지만 여기에서 말하는 것은 피한다.

내가 이번에 경성부에 있는 조선헌병대에 지시해 조선인의 단독

미담을 모아 이를 세상에 널리 소개하는 이유는, 내지인의 잘못된 태도를 바로잡고 조선인을 깔보고 무시하는 언동을 배제해 존경심과 동정심을 불러일으켜 내선융화에 일조하기를 바라는 마음에서이다.

대체로 헌병대로서 내선융화를 획책하는 것은 한편으로는 직무처럼 생각되지만 나는 결코 그렇게 생각하지 않는다. 국가경비 기관으로서 조선헌병은 제국의 커다란 계획인 병합의 완성이라는 큰 사명을 떠받들고 있다고 믿는다. 그리하여 2천만 조선인을 진정한 동포로 굳게 단결시킬 수 있다면 대부분의 치안유지 임무는 스스로 달성하고 있다고 해석해도 좋을 것이다. 즉 우리 헌병은 내선융화를 위해 우선 2천만 조선 민중을 진정한 일본국민으로 만들 것을 가장 큰 사명으로 삼기 바란다.

이와 같이 생각하는 근본적인 이유는 앞으로도 내선융화를 위한 계획을 조금씩 수행해 내선융화의 실적을 거두기 위함이다. 조선의 지식인 여러분도 우리가 뜻하는 바를 잘 이해해 서로 도와 병합의 목적인 이상의 관철에 협력할 것을 희망하는 바이다. 조선인 무학·무식자를 지도하기에는 조선인 지식인과 유력자를 필적할 이가 없기 때문이다.

요약하자면 '내선융화'는 현재 내지인과 조선인이 모두 노력해야 할 중차대한 사명이며 가장 숭고한 의무이며 내선융화를 통해서만이 병합 목적을 달성할 수 있다. 맹자(孟子)는 '하늘이 주신 좋은 기회도 토지의 유리한 조건에 미치지 못하고, 토지의 유리한 조건도 민심의 화합에는 미치지 못한다.'고 했으며 중용(中庸)은 '중(中)이란 것은 천하의 큰 근본이요, 화(和)란 것은 천하의 공통된 도이다. 중과 화에 이르게 되면 하늘과 땅이 제 자리에 있게 되고 만물이 자라게 된다.'고 말하고 있다. 황공하옵게도 천황폐하가 즉위하실 때 연호를 쇼와(昭和)로 정하신 것을 공손히 살피더라도 폐하의 염려(聖慮)가 되새겨지는 때이다.

본 책자로 진정 조선인을 이해할 수 있는 이가 한 명이라도 많아지기를 열망할 따름이다.

1933년 1월 8일

육군소장 이와사 로쿠로2)

---

2) 이와사 로쿠로(岩佐綠郎, 1879~1938) 니이가타현 출신으로 육군 소장으로 조선헌병대 사령관(1931), 관동군 헌병대사령관(1934), 제 23대 헌병사령관(1935)을 역임했다.

차례

성심誠心

공익·공덕公益·公德

동정·이웃사랑同情·隣人愛

자립자영 自立自營

애국 愛國

육탄 3용사[3]에 감격해 헌금
─헌병대장을 울린 안마사─

충남 대전군 대전읍 춘일정 2정목(丁目), 성주기

상해사변 중 뱌코진(廟行鎭)에서 호국의 영령이 된 육탄 3용사만큼
세상 사람을 감격시킨 일은 없을 것이다. 어린 시절 양쪽 시력을
잃고 안마를 하며 노부모와 10명의 어린 자제의 생계를 근근이 이
어가는 성주기 씨는 밤낮없이 지팡이 하나와 피리만을 의지한 채
시내를 떠도는 사람이었다. 1932년 2월 중순, 일본과 중국(日支)의
시국이 점점 급격히 변해갔고, 그의 쓸쓸한 피리소리가 매일 밤늦
게까지 대전의 차가운 밤공기를 가르며 울려 퍼지던 어느 날, 그는
육탄 3용사의 이야기를 듣게 되었고 보다 자세한 내막을 알고 싶
어졌다. 그리고 한 여관에서 안마를 하며 그들의 자세한 사정을 듣
게 된 성 씨는 감격이 극에 달해 급기야 보이지 않는 눈에서 감격

---

3) 1932년 2월 22일 중국 상하이 교외에서 치러진 일본군과 중국 국민혁명군의 전투
에서 적군의 토치카와 철조망을 뚫기 위해 폭탄을 들고 적진으로 뛰어들어 전사한
3명의 일본군 병사를 가리킨다. 에시타 타케지(江下武二), 키타가와 스스무(北川丞),
사쿠에 이노스케(作江伊之助)를 「폭탄 3용사」로도 부르며 군국미담(軍國美談)의 주
인공으로 추앙되었다.

의 눈물이 볼을 타고 흘러내리는 것을 느끼게 되었다.

1932년 2월 29일 이른 아침, 지팡이를 의지해 대전헌병분대를 방문한 안마사가 있었다. 그는 "생활비를 절약해 모은 얼마 되지 않은 돈이지만 육탄 3용사의 이야기를 듣고 감격한 한 가난한 이의 마음입니다. 부디 국방비로 써 주십시오."라며 2엔을 내밀었고, 그가 바로 안마사 성 씨였다.

황군을 맞이한 예순 노파의 열성

충남 대전읍 동정1, 전수

내뱉는 입김도 얼어붙을 정도로 추운 1932년 12월 18일 새벽 3시. 한밤중인데도 대전역 앞은 출정 군인을 실은 특별군용열차를 보내는 사람들로 가득 찼다. 역 앞은 국가와 군가를 힘차게 합창하는 사람들로 북적였고, 보내는 사람과 떠나는 사람의 감격의 물결 속에 6척의 긴 장대에 국기를 매달아 흔들면서 전씨는, "만세, 만세"를 힘차게 외치고 있었다.

읍장은 특별히 노파인 전씨를 열차 앞으로 데려갔다. 때마침 열차가 출발했고 그와 동시에 운송지휘관은 두 눈에 눈물을 글썽이며 이 노파에게 경건하게 거수경례를 했다. 노파 역시 눈물을 보이며 "만세"를 외쳤고 이 극적인 순간 주위의 환송자 모두 감격의 눈물을 흘리고 있었다.

끓어오르는 애국의 정열
―한 청년의 혈판(血判)―

경북 성주군 용두면 용정동, 김수용

애국의 열정이 끓어오르는 청년 김씨는 1933년 1월 16일 대구헌병대에 다음과 같이 피로 쓴 편지를 보내와 담당관을 감격시켰다.

> "전략―저는 가난한 농가에서 태어나 시대의 흐름도 읽지 못한 어리석은 자입니다. 하지만 풍운이 감도는 만주의 사정을 신문을 통해 접하고 저도 모르게 피가 끓어올라 20세의 제 몸을 주체할 수 없어서 이 편지를 쓰니 나라를 위해 만주에서 싸우고 있는 장병들에게 보내 사기를 진작시켜 주셨으면 합니다."

북만주 용사를 위한 총후(銃後)의 열정은 훌륭한 조선인이 쓴 이 혈판 탄원서가 효시이다.

종군간호부를 지원한 기특한 소녀

경남 산청군 산청면 새동, 박덕순

덕순은 보통학교를 졸업, 곧바로 같은 면에 개업한 내지인 의사 집에 견습 간호부로서 근무하던 중, 만주사변에서 간호부가 종군한다는 신문 기사를 보고 마음 속 깊이 감동해 자신도 일본제국의 신민이기에 국가를 위해 한 몸 바쳐야 한다며 관할 경찰서에 이력서와 함께 원서를 제출해 왔다. 종군을 희망했기에 관할 경찰서는 채용담당관의 증명서를 첨부해 이를 부산 헌병분대에 보냈지만 유감스럽게도 희망은 이루어지지 못했다.

조선의 어린이 국기를 제작해 판매, 국체관념의 보급과 애국비행기 건조 기금으로

충남 대전 제2공립보통학교, 생도 600여 명

조선인 가옥에 국기를 달지 않는 것은, 변명의 여지가 없는 국가 관념의 결여를 보여주는 것이라고 느끼고 있던 대전의 보통학교의 아동들은, 1932년 2월 초순, 전 아동에게 2전씩을 모았다. 그리고 이 돈으로 재료를 사서 국기를 제작, 시가보다도 싼 가격에 판매해 국체관념의 보급과 판매 이익금을 비행기 헌금으로 사용하기로 계획했다.

300여 명의 여학생은 국기 제작에 전념, 나머지 300여 명의 남녀 학생은 국기 판매를 맡았다.

약 10일 후에 다가올 기원절(紀元節, 2월 11일, 역자)을 목표로 밤낮을 가리지 않던 아동들의 노력은 이윽고 결실을 맺었다.

이렇게 2천 장의 국기가 만들어지자 아동들의 마음속에서 우러나온 정성은 국기와 함께 대전전지역에 널리 퍼졌다. 그리고 기원절 당일 수많은 조선 가옥의 처마에는 아동들의 정성을 이야기하는 듯 국기가 바람에 나부끼고 있었다. 이어 3월 11일, 아름다운 조선 아동들의 정성과 노력으로 모인 50엔 90전은 애국 비행기의 일부가 되었다.

4월 19일, 애국비행기 조선호(朝鮮號)가 대전 상공에 은빛 날개를 번쩍였을 때 아동들은 뛸 듯이 기뻐하며 비행기를 맞이했다. 또한 대전 지역의 수많은 조선인 가옥에 걸린 의미 있는 국기는 마음속에서 비행기를 환영하는 듯 바람에 나부꼈다.

국기 게양대 건설 계획을 둘러싼
눈물겨운 아동의 미담

부산부 부민공립보통학교 학생, 이만우 외 22명

부산부(釜山府)는 부민 자력갱생운동의 구체적 상징으로 1932년 말 국기 게양대 건설을 계획, 건설 자금을 일반인에게 요청했다. 곧이어 각 방면에서 아름다운 모금활동이 이어졌으며 그중에서도 이군 외 22명의 행동은 진실로 눈물겨울 정도였다. 이군 등은 이전에 학교에서 국기를 존중하자는 이야기를 듣고 "우리들도 일본인이다." 일본인인 이상 무엇이라도 하여 이번 국기 게양대 건설비에 헌금해 평소의 마음가짐을 나타내고자 했다. 각자 협의한 끝에 구로키 교장 선생님과 상담을 한 후, 연말 쉬는 날을 이용해 만주엿(수수엿, 역자) 판매를 통해 벌어들인 수익금 8엔 18전을 다음과 같은 편지와 함께 동봉해 부청으로 보내왔다. 학생들의 아름다운 마음 씀씀이에 부청의 계원 모두 눈물과 함께 칭찬을 아끼지 않았다.

저희들은 언제나 부산부(釜山府), 아니 국가에 신세만 지고 있습니다. 항상 머릿속에서 감사의 말만을 생각했을 뿐입니다. 저희들은 예전부터 교장선생님과 담임선생님에게 일본인으로서 국기를 소중히 해야 한다고 배웠습니다. 그런데 어느 날 학교 게시판에서 '이번에 새롭게 용두산에 국기 계양대를 세운다.'는 글을 본 저희들은 이번 기회에 우리들이 일을 해서 번 돈을 헌금하기로 했으며 교장선생님께도 상담했습니다. 고민 끝에 선생님의 배려로 쉬는 날을 이용해 벌어들인 돈을 조금이지만 헌금하기로 결정했습니다. 부디 기쁘게 받아주세요. 이것으로 저희들도 일본 국민의 한 사람으로 의무를 다 해냈다고 생각하니 기쁘기 그지 없습니다.

1933년 1월 3일
부민공립보통학교 판매실습생
대표 이만우(이하 생략)

모든 부락민 1전 저금,
모아진 돈을 국방헌금으로

경남 동래군 일광면 삼성리 부락민 220여 명

삼성리 부락은 내지인 세 가정을 제외하고 모두가 조선인이지만, 그럼에도 불구하고 두 민족이 너무나도 평화롭게 공존하는 마을이다. 만주사변 이후 각지에서 일어난 애국비행기 헌납 이야기는 이 마을에도 전해졌다. 그리고 건조자금의 헌납 의견이 일어나 지역 유지의 발의로 1932년 초봄, 국방비 1전 헌금회(獻金會)가 만들어졌다. '티끌모아 태산'이라는 말처럼 3월 14일에는 10엔 90전이라는 소중한 돈이 모였다. 대표자인 가네다(金田) 씨는 이 돈을 부산 헌병분대에 가지고 가서 헌금의 수속을 밟았다. 그날그날 생활에도 힘겨워하는 사람이 많이 있음에도 불구하고, 전 부락민이 함께 한 이 마을의 아름다운 이야기에 감탄하지 않을 수 없다.

학교직원 아동 부형의 열성으로
국방비 1,000엔 저금 개시

충남 대전읍 대전 제1공립 고등보통학교

현 비상시의 각오를 한데 모으는 수단으로 직원, 생도, 부형이 일심동체가 되어 향후 10년 동안 1,000엔 이상을 저축, 이를 국방비로 헌금할 것을 협의해 1931년 겨울 이후 직원들은 매달 10전, 학생들은 1전씩 저금을 시작했다.

드넓은 바다의 한 방울의 물, 실로 우리 황국을 지키는 것은 부자의 만 개의 등불이 아니라 이러한 가난한 이들의 한 개의 등불이어야 한다.

의용 義勇

빗발치는 탄알을 피해 우리 편의 곤경을
아군에게 알린 조선청년 3용사

길림성 반석현 반성성내 거주 고원성·박경학·이성완

1932년 9월, 적의 엄중한 포위망을 뚫고 반석(盤石)의 곤란한 상황을 조양진(朝陽鎭)의 아군에게 알리고, 구원대에게 출동의 단서를 제공하여 반석의 동포 2,300명의 목숨을 구한 고씨 외 2명의 청년들의 훌륭한 행동은, 구마모토성(熊本城)의 다니무라 게이스케(谷村計介)⁴⁾에 결코 뒤지지 않는 눈물겨운 미담이며, 후세에 영원히 전해져 동포의 자랑으로 삼아야 할 이야기이다.

9월 10일 마적의 삼엄한 포위망에 갇힌 반석은 우리의 훌륭한 경관(警官)들에 의해 굳건히 지켜졌다. 하지만 적은 가늠하기조차 힘든 엄청난 대군. 아군은 지원병 없이 고립된 소수의 군대. 통신은

---

4) 다니무라 케이스케(谷村計介, 1853~1877). 미야자키현 출신으로 메이지 시대 일본의 군인(하사관)이다. 다니무라는 사가의 난, 대만 등에 출병했으며 세이난전쟁(西南戰爭)에서 사이고 다카모리군(西鄕軍)에 포위된 구마모토성을 탈출, 성 밖의 정부군에게 성안의 상황을 알려 정부군이 승리하는데 공헌했다. 이후 전사했다. 1905년 다니무라를 기리는 창가가 만들어졌으며 1924년 교과서에 실리며 충군애국의 상징적인 인물이 되었다.

끊기고 부족한 식량과 매일매일 계속된 긴장 속에서 아군은 서서히 지쳐가는 상황이었다. 게다가 원군(援軍)은 구하러 올 기미조차 없었으며 적은 매일 새로운 전략으로 그 범위를 좁혀와 2,300여 명의 동포는 앉아서 죽음을 기다려야만 했다.

이에 민회장(民會長)과 민회 직원 일동은 누군가 이 삼엄한 포위망을 뚫고 아군에 이 상황을 전달할 사람이 없을까 협의했다. 그리고 얼마 되지 않는 지원자 중에서 고씨 외 2명을 뽑아 대장 아이자와(相澤) 중위에게 데려가, 아군에 연락할 전령임을 신고했다.

중위는 청년들의 지원에 감격했고, 고려해야 할 중요사항을 전한 후 심사숙고하기를 약 반나절. 약 36킬로 떨어진 조양진에 주둔하고 있는 아군에게 이쪽 소식을 전할 전령으로 자원한 3명을 보낼 것을 결정했다. 아이자와 중위는 전령 3명을 소집해, 전하러 가는 도중에 있을 상황에 대한 다양한 주의와 마음가짐을 전달하고는 3명 중 권총을 소지하지 않은 1명에게 자신의 권총을 직접 건네주었다. 3명은 만일의 경우에 대비해 가족의 보호를 요청했고 중위는 이에 감동받아 흔쾌히 이를 약속해 주었다. 이미 3명은 결심을 굳혔으며 뒷일은 걱정하지 않았다. 그리고는 2,300여 명의 동포를 위해 죽더라도 목적을 달성하겠다는 굳은 의지로 힘차게 일어섰다. 그들의 결심과 비장함에 줄지어 있던 사람들의 눈가에는 눈물이 흘러내렸다.

이리하여 12일 저녁, 붉은 노을이 수수 저 너머로 기울어질 무렵, 미리 약탈한 마적 대도회(大刀會, 紅槍會 농민유격대, 역자)의 옷을 차려입고 큰 칼을 옆에 차고, 용사들의 진로를 열기 위한 남면포대(南面砲臺)로부터의 위협사격 속에서 그들은, 울면서 떠나보내는 가족과 친구들의 목소리를 뒤로 하고 대남문(大南門)을 출발했다.

경찰분대의 뒷길로 서서히 60미터쯤 나아갔을 때 7, 8명의 비적을 만나게 되었다. 그들은 한 가지 비책을 생각해 냈고 다급히 말했다. "아무래도 일본군의 사격이 맹렬한 것을 보니 급습인 것 같다. 퇴각이다. 퇴각." 이 거짓말을 다행히도 알아채지 못한 적은 일시에 도망치고 말았다. 첫 번째 난관인 적의 경계선을 돌파한 그들은 조짐이 좋음을 느끼고 나머지도 하늘에 맡기는 심정으로 남산에 올랐다. 그들은 이미 이야기해 둔대로 기름을 입힌 천 조각을 점화해 흔들어 무사 탈출을 성 안에 보고하고 급히 전진하고 있었는데 또다시 8, 9명의 비적을 만나게 되었다. 그들은 밭 속에 몸을 감추고 적이 통과하기를 기다렸다가 다시 전진하였고 철도선로에서 나온 후에는 다행히 큰 위험을 만나지 않게 되어 드디어 반석에서 12킬로 지점인 고산둔역(靠山屯驛)에 도착하게 되었다.

고산둔 이남은 길이 어둡고 철도 곳곳이 파괴되어 앞으로 나가기가 매우 힘들었다. 게다가 비마저 세차게 내렸는데 3명 모두 비를 피할 도구가 없음은 물론이었다. 비에 흠뻑 젖었지만 그들은 용기를 내어 전진을 계속했다. 때마침 멀리 불길이 타오르는 것이 보였고 비적의 야영일지도 모른다는 생각에 가까이 다가가 보니, 주위에는 인기척이 느껴지지 않았고 파괴된 철도 침목을 쌓아서 방화시킨 것이 타고 있었다. 다시 힘을 내어 목적지인 조양진 근교에 이르렀을 때는 동쪽 하늘은 이미 하얗고 비는 가랑비가 되어 있었다.

시가의 상황을 살펴보니 이 지역 또한 비적의 습격을 받아서 경계가 매우 삼엄해 성에 들어가기가 쉽지 않을 것 같았다. 지금까지의 무사를 기뻐할 틈도 없이 그들은 또다시 이 난관을 돌파하기 위해 고심해야 했다. 비적 대도회의 복장은 이미 도중에서 벗어버렸고 전과 같이 중국옷을 몸에 걸치고 있었기 때문에 위험하다는 것을 느끼면서 천천히 전진했지만, 포대를 지나 약 7, 8백 미터 지점에 이르자 갑자기 맹렬한 사격을 받았다. 어쩔 수 없이 부근 밭에 몸을 숨긴 3명은 이마를 맞대고 협의한 후 3명 중 이 부근의 지리를 가장 잘 아는 이씨가 먼저 들어가기로 했고, 이씨는 자신의 무기를 다른 사람에게 맡기고 앞으로 나아갔다. 그러나 3, 4시간이 훌쩍 지나도 이씨에게서 아무런 소식이 없자 불안은 점점 커져갔다. 고씨는 마침내 결단을 내려 자신의 무기 역시 박씨에게 맡기고 "만약 불행히도 나마저 목적을 이루지 못하고 아무런 연락이 없을 때는 어둠을 틈타 해룡(海龍)으로 가서 목적을 달성하게"라고 당부하고 수수밭에서 나와 양손을 들고 포루를 향해 돌진했다. 그러자 또다시 맹렬한 사격이 가해졌지만 겁내지 않고 앞으로 나아갔고 하늘의 도움인지 다행히 총성이 멎어 간신히 만주국 정규군의 보초선에 도달할 수 있었다.

피난 조선인이라고 말하고 보초선 통과를 허락받고 조양진역 앞에 있던 일본군 수비대에 도착한 뒤 밖으로 나온 조장(曹長)에게 전령임을 알리고 통신을 전했다.

조장은

"뭐? 통신?"

이라고 말하고 재빠르게 귀를 기울였다. 한번 훑어본 후 죽음을 무릅쓴 행동을 칭찬하고 노고를 위로했다. 피복의 건조와 여느 가족에게도 받을 수 없는 보살핌을 받은 고씨는 고통을 잠시 잊고 감격의 눈물을 흘렸지만, 이 시각이 되어도 아직 오지 않는 동료를 생각하니 아침을 먹을 수도 없었고, 또 한편으로는 수수밭에서 기다리고 있을 친구도 염려되어 소식을 전할 방법을 고민하고 있을 때 총영사관 경찰관 출장소로부터 2명 모두 공동소(共同所)에 도착했다는 연락을 받고 겨우 안도의 한숨을 내쉬었다. 때는 9월 3일 오전 10시경이었다.

얼마 후, 중대장에게 불려가 반석(盤石)의 상황을 보고하자 중대장은 반신 3통을 준비하여 3인에게 나눠주고는 곧바로 반석에 돌아갈 것을 지시했다. 3인은 올 때는 아무리 고생스러웠어도 돌아갈 때는 구원군의 선두에 서서 의기양양하게 반석에 돌아갈 수 있을 것이라 확신했는데 지금의 이 명령을 듣고는 깊은 낙담에 빠졌다. 이를 알아챈 중대장은

"반석의 위험한 상황을 구하고 싶은 마음은 아군 역시 마찬가지지만 본 부대 역시 보는 것처럼 비적과 대치중이며 이곳 수비의 중요한 임무를 맡고 있기 때문에 구원을 위해 출동하지 못하는 것은 가슴 아픈 일이다. 하지만 이미 ○○에 정보를 알릴 비둘기(傳書鳩)를 날려 보내 반석(盤石)의 급한 상황을 보고했기 때문에 저녁쯤에는 비

행기의 내원(來援)이 있을 것이니 안심하고, 한시라도 빨리 이 사실을 반석에서 굳게 지키고 있는 아군에게 전해 그들을 격려해 주게"라고 자세히 설명해 주었기 때문에 고씨 일행은 더욱 용기를 내어 일동에게 고별인사를 한 후 민회에 이르렀고, 민회 직원의 철저한 배려로 반석에 돌아갈 준비를 끝내고 같은 날 석양 무렵 조양진 거리를 나왔다.

마음의 고요하고 적막한 느낌과 함께 4일간의 수면부족과 전날 밤 내린 비를 맞으며 쉬지도 못한 채, 길 없는 산과 들을 지나왔기 때문에 피로는 한꺼번에 밀려왔다. 조금 가서 쉬고, 다시 가다 쉬기를 반복하다 보니 밤이 되자 쏟아지는 졸음을 쫓을 수가 없었으며 걷기가 지지부진해 걷는 것이 진척되지 않았다. 전날 밤 침목의 모닥불이 있었던 지점에 이르자 불씨가 아직 빨갛게 남아 있어 가까이 다가갔는데 마침 수십 명의 대도회 비적이 쉬다가 3명을 발견하는 바람에 그들은 재빨리 몸을 피해야 했다. 3명은 모두 선로에서 굴러 떨어져 엎드린 자세를 취하고 난사(亂射)했고 그들도 응사했지만 다행히도 5, 6분 만에 비적들은 퇴각했다. 다시 콩밭에 몸을 감추면서 계속 전진하며 고산둔(靠山屯)을 지나 4킬로 지점에 다다랐을 때인 14일 밤은, 희미하게 날이 밝아 있었기 때문에 수수밭 안쪽 깊숙이 나눠서 들어가 몸을 숨기고 수수를 꺾어 펼쳐놓고 그 위에 누워 곧 깊은 잠에 빠졌다.

배가 너무 고파 옥수수 밭으로 가서 옥수수를 구워 허기를 채우고 있을 때 하늘에서 희미하게 '프로펠러' 소리가 났다. 게다가 만세 소리 또한 희미하게 들렸으며 폭발음이 끊임없이 울려 퍼졌다. 3명은 엉겁결에 손을 맞잡고 밭 안에서 뛸 듯이 기뻐했다. 일몰을 기다려 출발, 피난민을 가장해 드디어 반석정거장 부근에 도착했다. 하지만 깊은 밤에 성으로 들어가는 것은 매우 위험하기에 수수밭에서 잠시 잠을 자고 해가 뜨기를 기다렸다가 전진하고 있을 때 마침 퇴각해 오는 적을 만났고 그들은 허둥지둥 밭 속으로 몸을 감췄다. 이때까지는 3명이 같은 곳에 있었지만 너무 당황한 나머지 이후 그들은 서로 떨어지게 되어 연락이 끊어지고 말았다.

때마침 고씨는 비행기가 자신의 머리 위를 나는 것을 보고 몰래 감춰두었던 작은 일장기를 높이 흔들었고 비행기가 낮게 선회하는 것을 보고는 이에 용기를 얻어 비행기가 사라져 가는 방향을 따라 전진하여 비적과 마주치지 않고 안전하게 성문에 도착할 수 있었다.

조양진에서 전령이 돌아왔음을 큰 소리로 알리자 포대위에선 병사의 함성이 들렸으며 곧이어 성문이 열렸고 안으로 들어갈 수 있었다. 수비대장과 악수를 했을 때 고씨의 눈에는 눈물이 고였고 일동의 감사의 말에 다시 살아 있음을 느끼게 되었다. 때는 9월 15일 오전 10시, 박, 이 두 청년의 가족은 고씨 혼자 돌아온 것을 보고 도중에 불행한 일을 당한 것은 아닌지 걱정했지만 다행히 두 사람 모두 곧이어 무사히 돌아왔다.

길림 서쪽 길장선(吉長線) ○○방면에 출동했던 기병 제○○대의 주력은 반석의 급보를 전해 듣고 신속히 출동해 16일 오전 2시에 성에 들어왔으며 보병부대 또한 입성해 적은 모두 뿔뿔이 흩어졌고 치안도 정비되었다.

○대장은 성으로 들어온 후 곧바로 3용사의 공을 치하하고 100엔을 하사했다. 또한 고씨는 조선총독부에 초대되어 가문의 영광을 얻었으며 신문지상에서는 이들을 3용사로 칭찬했다.

빛나는 군국의 꽃, 소수의 아군을 구하고 용감히 싸워서 비적을 격퇴

길림성 반석현 성농성 미담

1932년 가을, 광활한 만주 벌판이 사람 키를 훌쩍 뛰어넘는 수수로 뒤덮일 무렵, 수수밭을 근거지로 곳곳을 날뛰던 비적은 마치 짐승처럼 일본인과 조선인, 만주의 양민을 괴롭히고 있었다.

정확히 9월 중순, 길림성 반석현의 성 또한 다른 곳처럼 약 700명의 비적에게 포위당하게 되었다. 당시 성내에는 일본수비대 아이자와 중위 이하 ○○명과 치가히로(近廣) 경부보 이하 14명의 한 무리가 피난 온 내선동포 약 2,300여 명을 보호하며 성문을 굳게 닫고 지키고 있었다. 적은 대군 아군은 소수, 게다가 철도와 전신은 완전히 파괴되었기 때문에 외부와 연락은 완전히 차단됐다. 9월 10일 아침, 비적은 전날부터 봉급수령을 사칭해 성에 들어와 있던 중국병사와 연락이 닿아 빨간 깃발을 흔들며 성 안으로 한꺼번에 밀고 들어왔고 반석현의 성은 순식간에 적에게 점령당하기에 이르렀다. 비적은 각 지역에서 약탈, 폭행, 학살 등의 포학을 일삼았으며 그 참상은 눈을 뜨고는 볼 수 없을 지경이었다. 이후 당시의 피해 조사에 의하면, 조선인 사망자 181명, 부상자가 20명에 이를 정도였으니 얼마나 끔찍한 상황이었는지 충분히 짐작하고도 남는다.

수비대와 경찰대는 겨우 성내 구석에 있던 일본병영을 사수해 이곳에 모든 피난민을 수용했다. 한 발자국도 밖으로 나갈 수 없는 상황으로 인해 식량은 부족했으며, 몇몇이 가지고 있던 곡식을 모아서 죽을 끓여 어린아이와 노인에게 나눠주고 배고픔을 이겨냈다. 또한 결사대를 조직해서 병영의 지원사격으로 밖으로 나와 인근 만주인 가옥에서 식량을 옮겨왔는데 상황이 좋을 때는 겨우 하루 3회, 3개 정도의 주먹밥을 나누는 것으로 배고픔을 이겨내며 죽음만을 기다리는 상황이 계속되었다. 하지만 서로 손을 꼭 맞잡고 어린이와 노인을 돌보고 서로 식사를 양보하는 등 실로 눈물겨운 정경이었다. 9월 14, 15일에는 이전처럼 성 밖에서 구해온 곡식 중에 흰쌀이 조금 섞여 있어서 서둘러 밥을 지어 농성 이래 처음으로 흰쌀밥을 먹게 되었는데, 몇 겹의 포위 중인 것도 잊어버리고 추석날에 하늘이 주신 선물이라며 서로 즐거워했다고 한다.

이처럼 삶과 죽음을 넘나들던 우리의 조선인들은 내선동포를 위해 자신을 희생, 극히 적은 수비대를 도와 다방면으로 눈에 띄는 훌륭한 활동을 함으로써 무사히 위기를 넘기고 수많은 인명을 구하게 되었는데, 이는 영원히 사라지지 않을 공적으로 실로 대단한 일이 아닐 수 없다. 다음은 이 사실을 입증하는 내용이다.

• 사건 돌발과 동시에 민회사무소를 중심으로 피난해 온 사람들은 모두 맨 주먹뿐이었고 마음껏 맹위(暴威)를 떨치려는 비적에게 대항할 아무런 무기가 없는 것이 분할 뿐이었다. 더구나 피난민이 모인 지역에서 북쪽으로 약 300미터 지점은, 불완전한 담벽과 나무 울타리뿐으로 습격을 저지하기 위한 어떠한 장애물도 없었으며 겨우 병영 위에서 지원사격을 받을 수 있을 뿐 2,300여 명의 생명은 바람 앞의 촛불과 같았다. 이에 무엇인가를 해서라도 직접 방비를 해야 하지 않을까 하는 생각에 7정의 권총이 있는 것을 생각해 내고는 민회 검찰원이 중심이 되어 용감한 청년 몇 명을 포함한 총 14명(장석규, 유세우, 김성지, 박경학, 김일청, 김성칠, 남화일, 최유준, 이태준, 김윤락, 김만하, 추종희, 엄태산, 박춘산)이 자경대를 조직했다. 장석규를 대장으로 7명씩 번갈아 권총을 휴대한 그들은 밤낮을 가리지 않고 지역의 방위를 맡았으며 결사의 각오로 수비에 임했다. 9월 12일 밤, 적이 습격을 시작했을 때도 가장 근접하기 쉬운 이 지점을 피해 오히려 공격하기 어려운 병영 전면을 선택한 것은 오로지 자경단의 결사의 각오에 두려움을 느낀 결과임에 틀림없다.

• 경찰대는 처음에는 성내 경찰분서에서 적에 대한 방어태세를 취하고 있었지만 병력의 분산과 병영에서의 포격관계를 고려해 9월 10일 밤, 어둠을 틈타 병영에 들어간 후 협동 작전을 취하고 있었다. 하지만 11일 이미 비적에게 점령당한 경찰서 안의 잔류품을 가져오라는 명령에 김일청 외 5명의 청년은 용감히 경찰분서에 진입하게 됐다. 경계 중이던 비적 1명을 사살하고 경찰서 안에 있던 각종 물품을 경찰분서 소유의 자동차로 옮긴 김일

청 일행의 용감하고 민첩한 행동은 세 번이나 계속 되었다. 김일청은 권총을 쥔 오른손으로는 자동차로 다가온 비적을 향해 쏘고, 다른 손으로는 운전을 하면서 자동차를 안전지역으로 옮겨놓았다.

• 9월 10일 안창하(安昌厦)는 군대로부터 병영 서남쪽 모퉁이 포대로부터의 사격 장애물인, 전방의 널빤지를 댄 담과 가로수 제거를 의뢰받고 적탄이 오가는 가운데 5명을 인솔하여 2시간에 걸친 작업을 완벽히 완수했다.

• 9월 11일에는 병영 서북쪽 모퉁이 포태의 사격 장애물인 민회 앞 쪽의 높은 담을 파괴할 것을 의뢰받고, 자위단장 장석규 외 8명이 맨손으로 게다가 10일이나 아무것도 먹지 못한 채 용감히 돌진해 완벽히 파괴했다.

• 9월 12일에는 적이 대남문밖 민가 벽에 총구(銃眼)을 만들어 빈번하게 우리 병영 서남쪽 모퉁이와 동남쪽 모퉁이의 포대를 저격하는 위험천만한 상황에 놓였다. 유세우, 김문한을 선두로 한 8명의 용사는 한 무리가 되어, 석유를 먹인 신문지를 가지고 성벽으로 뛰어 올라 용감히 진입한 후, 그곳에 불을 지르고 돌아왔다.

• 9월 13일에는 병영 서북쪽 모퉁이 포대에 위협적인 민가를 방화하라는 의뢰를 받고 안창하와 장석규의 지휘 아래 12명이 한 무리가 되어 전날과 같이 방화하고 돌아왔다.

• 9월 14일에는 병영 동쪽 성벽 밖 덕흥정미소를 거점으로 한 비적이 우리 수비병 1명을 저격한 사건에 분개하여 정미소를 방화하기로 뜻을 모은 10명이 나서서 방화했지만 첫 번째 실패, 두 번째는 일부 소각하였고 드디어 세 번째에 그 목적을 달성하게 되었다.

• 9월 14일에는 피난민 수용지구 북측 가옥에 침입해 피난민에게 피해를 입히려는 적 때문에 농회(農會) 가옥 북측 일대를 방화하기로 결심했다. 뜻을 함께한 자위단 일동은 적이 잠복하는 가옥으로 돌입해 방화에는 성공했지만, 때마침 불어온 북풍에 맹렬해진 불꽃이 도리어 민회(民會)방향으로 번지려 했기 때문에 모두들 아연실색해 수십 명이 밖으로 나가 겨우 농회(農會)북측에서 불길을 잡을 수 있었다.

다른 페이지에 소개한 청년 3용사의 용감한 행동도
이 농성이 있을 때의 일이다.

경비단을 지휘해 비적과 싸우다
장렬히 전사한 헌병보

경성 헌병분대(돈화파견) 1등 헌병보 채달묵

채 헌병보는 만주국 길림성 돈화에 파견되어 해당 지역의 경비를 맡고 있었다. 평소 근면한 채군이 지역 내 일본인과 조선인 사이를 바삐 오가며 수집한 정확한 정보는 파견부대에 중요하게 이용되었다.

1932년 2월 반란군 대장인 왕더린(王德林)[5]의 군대 5백 명이 돈화를 기습할 것이라는 정보를 손에 넣은 채 헌병보는 재빠르게 상부에 이를 보고했고 우리군은 한층 삼엄히 경계를 하게 되었다. 20일 오전 2시에 적이 돈화를 공격한다는 정보를 접한 우리군은 2월 19일 신속히 경계 태세에 임했다. 채 헌병보는 돈화성 동문 경비를 위해 100여 명의 중국인 경비단원을 지휘할 것을 명받았다. 20일

---

5) 왕더린(王德林, 1873~1938). 중국 산동성 출신으로 길림성을 중심으로 한 동북지역에서 항일전선 활동을 한 군인이다. 왕더린은 1932년 중국 공산당의 지지를 받고 '길림 중국 국민 구국군'을 결성했으며 동북군 길림 보병 대대장을 역임했으며 반일 단체의 주도세력을 형성하였다. 2015년 중국 정부에 의해 항일 영웅 600명에 선정되었다. 동아일보 1932년 2월 22일 기사에 의하면 '왕덕림군이 20일 오전 3시경 돈화를 습격'했으며 이때 '채 1등 헌병보는 탄환 2발을 맞고 전사'했다고 전하고 있다.

오전 3시 성문 밖 남쪽에서 총성이 들리자 중국인 경비단원들은 잔뜩 겁을 먹고 동요했으며 도주하려는 움직임을 보여고, 채 헌병보는 경비대 사이를 분주히 오가며 큰 소리로 그들을 격려하기 시작했다. 하지만 안타깝게도 훈련받지 못한 중국인 경비단원은 총성이 점차 격렬해지자 도주자가 속출했으며 결국 이들을 저지할 수 없는 지경에 이르렀다.

마침 남문을 통해 성내로 침입한 비적 본진은 우리 군 주력과 충돌 후, 곧바로 격퇴되었으나 채 헌병보 등이 사수하는 동문 방향으로 밀물처럼 우르르 도망쳐왔기 때문에 채 헌병보는 얼마 남지 않은 경비단원을 인솔해 사격으로 맞설 수밖에 없었고 급기야 경비단은 잠시도 버티지 못하고 모두 도망쳐 버렸다. 홀로 남은 채 헌병보는 비적에 맞서 용감히 싸워 동문을 사수했지만 오전 5시 50분, 흉부와 복부에 적의 탄환을 맞고 결국 장렬히 전사했다. 돈화에 핀 한 송이 꽃인 그의 장렬한 죽음에 모든 이들이 가슴 아파했다.

우리도 폐하의 백성, 조선청년 20여 명
용감히 적진으로 뛰어들다

1932년 11월 북만주에서 비적을 토벌 중이던 우리의 가와사키(川崎)부대 78명이 전멸했다는 소식은 전국에 큰 충격을 주었지만, 그와 더불어 부대가 전멸할 때 수송 임무를 맡았던 조선인 청년 20여 명이 용감하게 적진 속으로 뛰어들어 애국의 꽃이 된 아름다운 이야기도 후에 널리 알려지게 되었다. 가와사키부대는 이미 조선인 실업자 구제를 위해 우수한 청년 100여 명을 수송임무에 전담시키고 있었고 가와사키부대가 전멸한 당일, 이들 청년 중 20여 명이 수송임무를 맡고 있었는데 가와사키부대와 함께 적의 포위에 있던 중이었다. 20여 명의 청년은 "우리도 천황 폐하의 백성입니다."라고 절규하고 검을 휘두르며 용감히 적진으로 뛰어들었으나 모두 애국의 꽃으로 지게 되었다.

비적과 용감히 싸운 헌병보

평북 벽동 헌병분주소 감독헌병보 박만수

박 헌병보는 오랫동안 헌병 업무에 종사했으며 시종일관 성실하고 민첩한 그의 근무태도는 상관과 동료도 깊이 경탄할 정도였다. 특히 그의 숭고하고 원만한 인격은 인근의 인심을 사 지역 사람들과 건너편 중국인 관민들도 존경하고 있었다.

1932년 6월 비적 토벌을 위해 황군이 건너편의 집안현(輯安縣)에 출동하자 박 헌병보도 뽑혀서 이들을 수행하게 되었고 각 방면에 전전(轉戰)하며 눈에 띄는 전과를 올린 것이 지금까지 전해지고 있다. 그중 중요한 것만을 다음과 같이 기록한다.

• 6월 7일 오전1시 정찰대 장교 시마쓰(島津)의 소대를 따라 건너편 집안현(輯安縣) 하이케이시(牌掛子)에 몰래 잠입해 어두운 밤, 미지의 도로임에도 불구하고 중국 측 수상공안대(水上公安隊)의 무장해제를 위해 용감히 선두에 서서 활동하며 통역과 선도의 임무를 수행했다.

• 6월 7일 오전 3시 본대로부터 500미터나 떨어진 외차구(外岔

溝) 전화국을 단독으로 점거해 이를 감시하는 동시에 전화국의 전화를 이용해 부근과 내륙 깊숙한 곳에 있던 비적의 정보를 적극적으로 수집했다. 오후 3시경에 이르자 돌연 대도회비(大刀會匪) 약 150명이 큰칼을 허리에 차고 창을 높이 쳐들고 습격해 왔다. 박 헌병보는 조금도 동요하지 않고 조용히 총을 집어 들고 전화국 정원으로 뛰어 나와 한 그루의 나무 옆에 엎드려 사격을 개시했고 500미터나 떨어진 본대와 협력하여 2시간을 고전한 끝에, 전화국을 완벽히 사수했으며 입구에 높이 펄럭이는 일장기를 지켰다. 본대는 전투에서 박 헌병보가 이미 전사했다고 판단하고 퇴각하는 적을 추격하며 박 헌병보의 사체를 거두기 위해 서둘러 도착했다. 하지만 여전히 홀로 용감히 임무를 수용하고 있는 그를 보고 하늘의 도움에 감격해 서로 껴안고 기쁨의 눈물을 흘렸다.

• 6월 25일부터 27일까지 3일간 구로이와(黑岩) 경비대와 더불어 내륙 깊숙한 곳의 비적을 소탕함과 동시에 전방의 상황을 알리는 임무를 맡고 10여 명의 밀정을 교묘하게 조종해서 정확한 정보를 수집, 보고하여 3회의 전투에서 손쉽게 비적을 격퇴할 수 있도록 했다.

• 11월 18일 집안현 유수림자(楡樹林子)의 유력인사 14명을 매수해 비적 귀순위원회(匪賊歸順委員會)를 조직해 드디어 지역에 뿌리를 내리고 있던 비적 약 1,500명이 와해될 수 있도록 했다.

성심 誠心

자진해서 청년훈련소에 입소,
좋은 성적으로 사열관에게 칭찬

경남 창원군 진해읍 정점용 외 7명

정 군 외 7명은 모두 17세부터 20세까지의 건강하고 성실한 청년
으로 현재, 진해 요항부 공작부에 견습직공으로 근무하고 있었지만
"근대 청년은 청년 훈련소에 입소해 심신을 단련해야 한다."
며 1932년 4월 진해청년훈련소에 자원 입소해 내지인 생도와 같이
열심히 훈련을 받았다. 하지만 이들의 성적이 매우 뛰어나 1932년
사열 행사에서 사열관에게 훈련병들의 모범으로 삼기에 충분하다
는 칭찬을 받았으며 일반인에게도 많은 감동을 주었다.

상(喪)중임에도 불구하고 공무에 종사하다

전남 광주군 지한면 김용봉

김씨는 지역의 소방조장으로 모든 일에 솔선수범하고, 공공사업에는 최선을 다했으며 특히 책임감이 매우 강한 이였다. 이 지방에서는 친척 중 죽은 이가 있으면 복상(服喪)이라 하여 일반 공무에 나오지 않는 것이 관습이다. 그 즈음 김씨는 친척 중에 사망자가 있어 1월 4일 새해 첫 소방 시무식에는 복상이라고 전하고 참가할 필요가 없었다. 하지만 평소 책임감이 강한 김씨는 소방조원들이 자신으로 인해 사기가 떨어지는 것을 염려해 이를 비밀로 하고 시무식에 참가했으며 행사가 끝난 후 사실을 알리고 다시 장례에 참가했다. 그의 투철한 책임감과 봉사 정신에 마을 사람들은 깊은 감동을 받게 되었다.

마쓰오카 전권대사의 어머니(母堂)에게
영약(靈藥)을 보내다

함북 회령읍 이용석

입에 발린 말만 난무하고 행동을 동반하지 않는 이들로 가득 찬 세상에서 마쓰오카 전권대사[6] 어머니의 행동에 감동한 나머지 일면식도 없는 그녀에게 영약(靈藥)을 보낸 이씨의 행위처럼 세상의 귀감(龜鑑)이 되는 일은 없을 것이다. 이씨는 신문지상에서 마쓰오카 전권대사 어머니가 노구를 이끌고 매일 자택에서 꽤 멀리 떨어진 수호신(鎭守)에게 아들의 중대한 임무 성취를 기원하고 있다는 사실을 알고는 뼈저리게 감격하여, 1932년 말 북한의 특산품인 백두산의 고산 과실에서 얻은 불로장수의 영약 '들쭉' 2박스를 다음과 같은 진심어린 편지와 함께 보내게 되었다. ─ 운임 7엔 90전도 이씨

6) 마쓰오카 요스케(松岡洋右, 1880~1946). 일본의 정치가, 외교관인 마쓰오카는 야마구치현에서 태어났으며 1893년 친척이 살고 있던 미국으로 건너가 기독교 세례를 받았다. 고학으로 오리건주립대학 법학과를 졸업(1900), 1902년 일본에 귀국한 후, 외교관 시험에 합격(1904)했다. 중국 총영사, 남만주철도회사 부총재(1927), 중의원 의원(1930), 국제연맹 일본수석전권대사(1932), 만주철도회사 총재(1935), 외무대신(1940) 등을 역임했으며 1946년 A급 전범으로 재판 도중 병사했다.

가 지불했다—이를 받은 마쓰오카 전권대사의 누님을 통해 어머니는 일본에서 가장 행복한 사람이 되었다며 감격했다고 한다.

마쓰오카 유님

안녕하십니까? 지난 달 28일 오사카마이니치신문에서 어르신의 사진과 기사를 접했습니다. 88세의 노구에도 불구하고 매일 아침 10시에 몸을 정갈히 하고 7, 8정(町)이나 떨어진 곳에 가서 아들의 중대한 임무 성취를 기원하는 마음은 동방제국의 흥패와 8천만 동포의 사활을 양 어깨에 짊어지고 자신도 잊은 채 주야로 활약하는 우리 대표의 어머니가 아니면 가질 수 없음이 분명합니다. 저는 서둘러 그 사진과 기사를 75세가 된 제 어머니에게도 보여주고 감동의 땀과 감격의 눈물을 금할 수 없었습니다. 어르신 건강의 만분의 일이라도 보탬이 될 무엇인가를 보내고 싶다는 생각에 북한 명산 과실 '들쭉'의 자양음료 1박스를 철도편으로 보내드립니다. 도착한 후에는 서둘러 드셔주세요. 우리 마쓰오카 대표님의 연맹총회에서의 연설처럼 일본은 한때 연맹의 반대를 받았지만 '나사렛 예수'와 같이 언젠가는 인정받을 날이 오겠지요. 일본과 조선 두 민족은 좁은 국토에서 넓은 황무지로 나가 하늘이 내려주신 활로를 합리적이며 자유롭게 개척하려는 것일 뿐 어떠한 목적도 없습니다. 우리들도 이 의미에서 연맹의 움직임을 손에 땀을 쥐면서 지켜보고 있습니다. 어르신도 부디 건강 조심하시고 우리 대표의 위풍당당한 개선의 날을 만세를 부르면서 맞이합시다.

안녕히 계십시오.

1932년 12월 조선 회령읍 소생 이용석 올림

자신들은 처마 밑에서 자더라도 군인은
우리 집에 머물도록 신청하다

충남 연기군 조치원읍 홍종근

집이 가난하더라도 나라를 위하는 마음에는 변함이 없다. 홍씨는 집이 가난해 온돌 2칸을 빌려 살고 있으며 노동에 종사하면서 겨우 하루하루 끼니를 때우고 있는 청년이다. 1932년 10월 제20사단이 추계연습을 위해 홍씨의 마을에서 숙영한 일이 있었다. 군인들의 숙소배정에서 홍씨의 집안 상황을 고려하여 홍씨를 제외시킨 것에 홍씨는 매우 격분하며

"우리들은 하룻밤, 이틀 밤 처마 밑에서 자더라도 아무런 불편을 느끼지 않으니 훈련으로 피곤한 군인을 우리 집에 꼭 머물게 해 주세요."

라고 면서기에게 부탁해 모두를 감동시켰다.

먼 길을 차를 타지 않은
여비를 절약해 위문금으로

경북 상주군 연동면 신천리 장양출

장씨는 생활은 유복하지는 않지만 나라를 염려하는 마음은 누구에게도 뒤지지 않는 훌륭한 농사꾼이다. 이전부터 마을의 학교 선생님에게 만주에 있는 일본군대가 죽음을 무릅쓰고 싸우고 있다는 것을 듣고 감동했다. 1932년 12월 1일, 개인적인 일로 대구를 여행할 때 이전 선생님에게 들었던 이야기가 생각나 군인들은 이 추운 날씨에도 만주에서 싸우고 있는데 자신이 차를 타고 여행하는 것은 사치라며 걷기로 결심했다. 장씨는 왕복으로 걸어서 절약한 10엔을 가지고 서둘러 교장 선생님을 찾아가 황군위문금으로 보내줄 것을 부탁했다.

가난한 자의 작은 등불,
순박한 농민이 출동 병사에게 금일봉을 보내다

함남 홍원군 운포면 손흥원

손씨는 한낱 보잘 것 없는 가난한 농민이지만 마음만은 누구에게도 뒤지지 않을 고귀한 사람이다. 손씨는 만주의 일본 병사들의 용감함과 노고에 감격해 1932년 11월 가난한 생활에도 불구하고 금일봉을 만들어 헌병대를 경유해 만주의 병사에게 보내면서 다음의 편지를 동봉했다.

저는 한 가난한 마을에서 일하고 있는 농부입니다. 작년 가을 이후 제국군인 모두가 사력을 다해 싸워주신 덕분에 지금은 안심하고 지낼 수 있게 되어 기쁘기 그지없습니다. (⋯중략⋯) 저는 제국 신민으로 여러분들이 싸우고 있는 것을 가만히 보고만 있을 수 없었으며, 제국 신민인 이상 이를 보고 지나친다면 짐승만도 못하다고 생각했습니다. (⋯중략⋯) 저는 누구에게 부탁을 받은 것은 아닙니다. 자발적으로 보내는 이 돈을 만주의 병사들을 위해 꼭 써 주세요. (⋯하략⋯)

큰 은혜에 감격해 위문금, 조위금을 보내오다

경남 창원군 구산면 예곡리 강동우

강씨는 마산에 있는 육군경리부 파출소의 고용인으로 산림감시를 맡고 있으며 평소 국가를 걱정하는 마음이 깊고 만주사변이 발생한 이후 한층 더 나라의 은혜에 감격하고 있었다. 그는 장렬히 전사한 가엾은 전사자들을 위문하고 그 유족을 위로하는 마음으로 1932년 2월 어느 날, 다음과 같은 편지와 함께 20엔을 동봉해 조선군 사령부 애국부(愛國部)에 보내왔다.

저는 육군의 보잘 것 없는 산림감시인으로 나라의 큰 은혜를 입어 20년을 한결같이 보낼 수 있었으며 천황폐하의 크고 넓은 은혜에 감격하지 않을 수 없었습니다. 하지만 불행히도 만주사변이 발생해 천황폐하의 가슴을 아프게 해 드린 것은 실로 황송하기 그지없습니다. 그래도 사력을 다해 싸우고 있는 우리군의 연전연승의 보고를 들으니 기쁘기 그지없습니다.

장렬히 전사한 우리 군인에 대해 감격하여 눈물만 흘릴 뿐입니다. 부디 얼마 되지 않는 돈이지만 부상병 위문과 전사자 유족의 조위금으로 써 주셨으면 감사하겠습니다.

주운 돈을 경찰로부터 받고
곧바로 부상병 위문금으로

경남 부산부 초량정 김성근

김씨는 부산보통학교 2학년으로 학교에서도 성실하고 귀여운 소년이다. 1931년 4월 어느 날, 학교에서 돌아오던 도중 현금 1엔 16전이 든 지갑을 주워서 곧바로 파출소에 신고했다. 이후 지갑을 분실한 자가 나타나지 않아 결국 1932년 4월에 경찰서로부터 이 돈을 김씨에게 전달한다는 통지가 왔다. 하지만 김씨는 너무나 정직해서 분실자가 나타나지 않았다 하더라도 자신이 이 돈을 헛되이 쓸 수 없다며 곧바로 경찰서에 다시 제출하면서 "만주에서 부상당했거나 병으로 입원해 있는 병사들을 위한 위문금으로 써 주세요."라고 말했다. 이 얼마나 아름다운 마음인가.

출동군대의 위문과
만주국 건설에 자금을 보내다

경북 대구부 중앙통 정도균

만주국 건설은 동양평화의 기초이다. 모두가 하루빨리 건실한 국가가 세워져 기초가 굳건해지기를 바란다. 정씨는 1932년 4월 신흥 만주국 건설을 위한 재정이 곤란하다는 신문 기사를 접하고 이를 원조하는 것은 우리의 의무라며 50엔을 대구헌병대에 보내왔다. 이와 함께 만주에 있는 일본군대의 노고에 감사하며 위문품으로 사과 30박스를 관동군사령관(關東軍司令官) 앞으로 보내왔다.

행상으로 일용잡화를 팔아
기부한 고등여학교 생도

대구고등여학교 5학년
김영학·박경원·박봉향·박분조·윤덕주·안녹주

김씨 등 6명은 눈이 쌓인 만주 벌판에서 중차대한 임무를 수행하고 있는 황군장병의 노고에 감격, 이들을 위문하기로 했다. 6명이 대구 시내를 돌아다니며 일용잡화를 팔기로 결심한 후, 이를 통해 번 1엔 5전을 1932년 12월 17일 군부(軍部)에 기부했으며 이 소식을 들은 모두는 감격해 했다.

밤을 줍고, 손수건을 제작해
출동장병에게 보낸 아름다운 마음

황해도 금천군 조포 공립보통학교 생도 일동

　선생님에게 만주 출동 군인의 이야기를 듣고 뭔가 보내 위로하는 것이 국민의 의무라고 생각한 한 무리의 아동들이 있었다. 이들은 서로 상의한 끝에 집에 부담을 주지 않기 위해 1932년 12월 28일, 남학생들이 2말 5되(2斗5升)의 밤을 주워 판 돈 1엔 90전과, 여학생들이 집에서 가져온 재료로 만든 72장의 수건, 그리고 위문편지 10통을 만주 출동군인에게 전달해달라며 애국부인회에 보냈다.

방과 후 소나무 잎을 주워
판 돈을 출동군인에게 보낸 어린이

경남 창원군 내서면 두척리 김이만

김씨의 순정(純情)에는 필시 출정 장병도 눈물을 흘릴 것이다. 김씨는 보통학교 4학년이지만 너무나도 가난한 농가에서 태어나 가족은 많고 학비마저도 버거운 형편에 있었다. 하지만 그 마음만은 고결한 성자(聖者)도 미치지 못할 것이다. 김씨는 황군이 출동한다는 소식을 선생님에게 듣고 뭔가 해서 그들을 위로하고 싶다고 생각했지만 가난한 살림으로는 아무것도 할 수 없었다. 결국 고심한 끝에 1932년 3월 초순경부터 추운 날에도, 바람 부는 날에도 매일 학교 방과 후에 인근의 산에 올라 낙엽송을 긁어모아서는 해질 무렵에 그것을 마산까지 팔러나갔다. 하루 2전, 3전 모은 돈은 드디어 20전이 되었고 3월 20일 만주의 군인아저씨에게 보내고 싶다며 교장선생님에게 드렸다고 한다.

군용비둘기를 전달해준 순박한 할머니

경남 창원군 진해읍 행암리 농부 이순이

아무 이득이 없는 곳, 서로 얼굴도 마주하지 않는 사람이 많은 이 세상에 이씨는 1932년 8월 21일 자택 부근에서 길들여진 비둘기를 잡았다. 비둘기 발목에 매단 표식을 보고는 익히 들어 알고 있던 군용비둘기라고 판단한 이씨는 이를 소중히 다뤄 다음날인 22일, 바쁜 가업을 잠시 접고 52세의 늙은 몸을 이끌고 8킬로미터나 되는 길을 마다하지 않고 진해헌병대까지 가서 비둘기를 전달했다. 이씨는 이 비둘기가 진해방비대(防備隊)의 비둘기라는 것을 알고 대단히 기뻐했다.

보잘 것 없는 처지가 된 내지인 친구를
우대하여 자택에 머물게 하다

경남 진해 경찰서 근무 고등환

순사로 근무하는 고씨는 친절하고 일처리도 정확했으며 근무성적 또한 우수한 사람이었다. 1932년 10월 말 공무로 마산에 가던 도중 우연히, 고씨가 어린 시절 오이타현(大分縣)에 머물 때 알고 지냈던 전직 소학교 교사인 친구 고토 모(後藤某) 씨를 만나게 되었다. 그런데 고토 씨는 1932년 교직을 그만두고 조선에 건너온 후 보잘 것 없는 처지가 되어 이곳저곳 떠돌다가 지금은 만두를 팔며 겨우 입에 풀칠을 하고 있다고 했고 이를 가엾게 여긴 고씨는 자신의 주소를 알려주며 찾아올 것을 당부했다.

그 후 고토 씨가 진해에 있는 고씨 집을 찾아왔을 때, 고씨는 가족도 많고 집도 비좁고 생활마저 넉넉하지 않음에도 불구하고 싫은 기색 한번 없이 고토 씨를 친절하게 맞이했으며 자택에서 편히 머물도록 해 주었다. 하지만 고씨의 가정 형편을 본 고토 씨는 더 이상 함께 사는 것이 실례임을 느끼고 4일 후, 인근 조선인 여관으로 거처를 옮겼다. 이에 고씨는 고토 씨의 숙박비는 물론 그를 위로해 주었고 고토 씨는 그의 따뜻한 정에 감탄했다.

감격!! 개선병을 위로하다

경북 금천 욱정 소가죽상인 김천진

김씨는 재만 파견군의 노고에 감사하는 마음으로 군대가 김천역을 통과할 때는 항상 환영하러 나온다. 몸도 얼어붙을 듯 추운 1932년 12월 31일 오전 4시 40분, 김씨는 제○사단의 귀환부대가 역을 통과할 때, 야포병 제○○대의 수송지휘관에게 감사의 말을, 열차 안의 사람들에게는 위로의 말을 전했으며 이름도 밝히지 않고 20엔을 건네기까지 했다. 김씨는 마음속으로 "수고하셨습니다." 라는 감사의 마음을 훌륭히 표현했으며, 이에 답하듯 지휘관이 그에게 거수경례를 한 채 기차가 움직이는 장면은 주위의 모든 사람들에게 감격의 눈물을 흘리게 했다.

공익·공덕
公益·公德

한 시대의 모범육영회 여걸 타계하다
─아아 슬프도다─

경성정화(貞和)여자보통학교, 교장 김정혜[7] 여사

조선여자교육계의 제일인자 김정혜 여사는 그 65년의 일생을 문자 그대로 여자육영의 위업에 헌신하고 1932년 12월 16일 잠들듯이 그 빛나는 일생을 끝내셨다. 정부관계자들은 물론 민간관계자들로부터도 빛나는 찬사를 받으며 한 시대의 모범이라 존경받으며 영면하셨다. 인간의 숙원과 함께 여사 또한 눈을 감아야 하지 않을까.

여사는 불행하게도 16세에 남편과 사별한 이후 시부모를 모시며 효행을 소홀히 하지 않고 항시 마을사람들의 모범이 되어, 39세에 이미 시대를 통찰하는 혜안을 갖추었다. 특히 여자교육의 중요함을 통감하여 사립 송계(松桂)학당을 설립하여 이것을 관리하였고 뒤이

---

7) 김정혜(金貞惠, 1868~1932). 본명은 양(梁)정혜. 경기도 출신의 여성교육가. 여성교육을 중요시 여겨 1908년에 개성 송계학당(松桂學堂)을 인수하였고 같은 해에 이름을 김정혜로 개명하였다. 또한 같은 해에 자신의 집에 개성 정화여학교(貞和女學校)를 설립하였고 1918년에는 재단법인 정화학교를 설립하여 여성교육에 힘썼다. 1932년 12월에 세상을 떠났고, 1938년에는 『김정혜선생소전』이 발간되었고 1939년에는 '김정혜여사 동상제막식'이 거행되었다.

어 1910년 8월에는 사재를 털어서 정화여학교를 설립, 자신이 교장이 되어 아동의 훈도에 모든 것을 바치며 게을리 하지 않고 부지런히 일했다. 더욱이 1918년에는 동교(同校)의 조직을 여자보통학교로 고치고 학교의 유지를 위해 거금의 사비를 들여 재단법인을 설립, 마침내 경영의 기초를 다지고 그 후, 교장으로서 오늘날까지 근무하였다. 그 동안 졸업생의 지도나 일반사회사업에 기여한 바가 커 조선총독부를 비롯하여 궁내성(宮內省)으로부터 그 덕행을 수차례나 칭찬받았고 그 공이 점점 널리 천황에게까지 전해져 1928년 11월 10일자로 훈6등 서보장(瑞寶章)을 받았다. 이는 나름대로의 이유가 있다고 말해야 할 것이다.

여사는 원래 천성이 온후하고 독실하여 자녀를 가르칠 때는 자상하게 거듭 일러주었고 또한 마을 사람들과 사귈 때에는 항상 정성을 다해서 이야기했다. 여사의 알려지지 않은 선행미덕은 셀 수 없을 정도로 많다. 게다가 생활은 매우 검소하고, 근검을 생활 지침으로 하여 남은 재산이 있으면 이것을 교육이나 사회사업에 기꺼이 투자하였기에 사람들은 여사를 자애로운 어머니처럼 존경했다. 지금은 안 계셔서 슬프도다. 하지만 그 이름은 영원히 역사에 남을 것이다.

고향의 자제들의 교육을 위해
돈 100,000엔 기부

경기도 수원군 음덕면 신외리75, 호농(豪農) 박창원

종종 돈 때문에 이름에 먹칠을 하는 부자가 적지 않은 요즘 이것 또한 드문 미담이다. 박씨는 평상시 공공사업에 힘을 써 보통학교, 소방조 등을 비롯하여, 그 외에도 줄곧 고향을 위해 애를 쓰고 있기에 그 지방에서는 덕이 있는 사람으로서 존경받고 있었는데, 박씨는 수원군내에 중등학교가 없어서 일부 자제들이 많은 경비를 들여 기차로 통학을 하며 경성에서 공부하고, 보통학교 졸업생의 대다수가 어쩔 수 없이 집에 머물며 놀고 있는 것을 몹시 안타깝게 여겨, 수원에 실업학교 창설비로서 돈 100,000엔 기부를 1932년 11월말 수원군청에 신청했다. 군에서는 각 방면과 협의하여 지사(知事)에게 보고함과 동시에 농업학교를 수원에 설립하기 위한 여러 준비에 착수하였고 또한 이에 감격한 일반농민은 건설기성회를 조직하여 실현에 힘쓰게 되었다.

교육원조비용으로 1,000엔 기부

함북 청진부 신암동, 김유정

　돈이 생기면 생길수록 점점 내기를 아까워해서 공공기부의 의뢰를 받아도 모른 체 하는 사람이 많은데 김씨는 1932년 12월 18일 스스로 자진해서 돈 1,000엔을 북청공립보통학교 교육원조비용으로 동교(同校)에 기부했다. 이에 동교 부형회에서는 김씨의 기특한 행동에 감동하여 그 기부금을 기초로 하여 영원히 기념될만한 여러 설비를 갖추기 위해 협의 중이라고 한다.

빈곤아 교육기관 신흥학원을 구하다

평양부, 이종용

이씨는 생계가 넉넉하지는 않지만 공덕심이 지극히 강하고 특히 빈곤아 교육에 대해서는 예전부터 많은 연구와 기부를 아끼지 않았다. 마침 수년 전부터 평양의 빈민아동 교육기관인 신흥학원이 경영난으로 곤란하다는 것을 알고 음으로 양으로 이것을 도와왔는데 작년에 크게 결심하여 자기소유의 토지가옥의 대부분(시가 약 15,000엔)을 동교에 기부하여 학교를 도왔다.

사립 야학교를 폐쇄운명으로부터 구하다

경남 마산부 표정(俵町)96, 호농(豪農) 김병환

마산부 월영동 노동야학교는 창립 이래 실로 10여 년 이상의 역사와 빈곤 아동 유일의 교육기관으로서 다대한 공적을 남겨왔지만 안타깝게도 최근의 재계불황의 여파로 일반 유지(有志)의 기부가 거의 없어져서 1932년 3월에는 폐쇄할 수밖에 없는 상태가 되었다. 이 이야기를 들은 김씨는 바로 매달 20엔씩의 기부를 신청해서 그후 무사히 학교가 유지되도록 하고 있다. 이것뿐만 아니라 김씨는 지금까지 여러 번 빈곤자의 구제공공사업에도 기부를 하여 마을사람들로부터 신망이 아주 두터운 사람이다.

일대 거만(巨萬)의 재산을 얻어
이것을 공공사업에 쓰는 기특한 여걸

평양부, 부호(富豪) 백선행8) 여사

백 여사는 빈가에서 태어나 16세 때 지금 있는 집에 시집을 갔는데 불행하게도 18세 때 남편과 사별한 후 보통사람이라면 좌절하여 슬퍼하기만 했을 생활 속에서도 몸을 잘 추슬러 죽은 남편에게 정절을 지키는 것은 물론, 용기를 내어 근검역행, 입립신고(粒粒辛苦)하여 가업에 힘썼다. 한 가지 일에 전념하는 것은 무서운 일인데, 여자 혼자의 힘으로 1929년경에는 약 300,000엔의 자산을 만들었다. 게다가 여사의 대단한 부분은 이러한 돈을 자기 것으로 하지 않고 필요하다고 생각하는 공공사회사업에는 주저 없이 기부를 한 것이다. 즉 당시 평양구시가지에 집회소가 없는 것을 안타깝게 여겨 130,000엔을 기부해서 건평 120평 2층의 석조양옥을 건축하였

---

8) 백선행(白善行, 1848~1933). 경기도 수원출신의 여성 사회사업가. 어려서 부친을 여의고 편모 밑에서 자랐다. 남편과 사별 후에는 근검절약하여 많은 재산을 모았는데 특히 평양근교의 넓은 황무지를 일본인 시멘트생산업자 오노다(小野田)에게 팔아 큰 이익을 남겼다. 그 후 여러 자선사업에 관심을 갖고 기부를 시작했다. 특히 1929년에는 도서관 겸용의 3층짜리 백선행기념관의 개관했다.

다. 또한 평양부 사립 숭현여학교에 조선인 여학생이 400명이나 있고 상당히 잘 갖추어진 초등학교였음에도 불구하고 계속되는 재계의 불황으로 기부는 줄어들어 재정이 곤란하다는 것을 듣고, 그 보조금으로서 28,000엔에 상당하는 토지를 기부해서 이 학교를 구한 것을 비롯하여 1929년 이래 크고 작은 기부의 총액이 50,0000엔에서 60,000엔에 달하고 있다. 그리고 여사는 '무일푼에서 오늘날의 자산을 얻었기 때문에 재산의 전부를 적당한 사회사업, 공공사업에 기부하고 싶다.'고 말했다고 하니 듣기만 해도 어찌 감격하지 않을 수 있을까.

나병 예방 협회에 대한
각지의 기부, 따뜻한 인심

　앞서 조선에 나병 예방 협회의 설립을 위하여 그 기금의 기부를 요구했는데, 모두 조선각지에서 잇따라 자발적으로 기부를 받아 많게는 10,000엔 이상의 큰 금액부터 작게는 가난한 이의 정성어린 적은 돈까지, 사람을 불쌍히 여기고 세상을 생각하는 정이 넘치는 인정의 따뜻함을 느끼게 하는 간절한 마음들이다. 그중에서도 평안남도 진남포의 조선인 창기는 48명이 협동하여 '우리들도 미력이나마 원조의 일원이 되고 싶다.'고 다 같이 상담하여 20전, 30전을 모아 합계 10엔 20전을 1932년 말 경찰에 갖고 갔다.

많은 금액의 돈을 공공사업에 기부한 김 여사

평남 평양부, 부호(富豪) 김인정 여사

김 여사는 자비심이 깊고 또한 공공사업에 돈을 투자하는 것을 아까워하지 않아, 공사비 35,000엔을 내서 도서관9)을 짓고 이것을 일반에게 개방하여 그 유지비로 시가 65,000엔인 토지를 기부했다. 또 그 외에도 김 여사가 사회사업에 기부한 금액은 약 30,000엔에 달한다고 한다. 돈이 있는 사람은 점점 더 돈을 사랑하고 그것에 집착하는 이가 많은데 특히 여자의 몸으로 돈의 활용법을 잘 아는 여사와 같은 사람은 적다.

---

9) 김인정(金仁貞)이 1931년에 평양에 설립한 사립도서관으로 한국여성에 의해서 건립된 최초의 도서관이다. 김인정 도서관으로 불린 2층 건물로 1층에는 사무실, 아동열람실, 신문열람실 등이 있었고, 2층에는 부인열람실과 일반열람실, 연구실 등으로 배치되었다. 수용가능인원은 200여 명 정도였고 소장도서는 약 5,000권 정도였다.

빛나는 공덕심, 관국회(觀菊會)에 초대받다

평남 대동군 남형제산면, 도평의원 이형식

빛나는 것 같은 공덕심, 다년간의 선행이 보답을 받아서 드디어 궁중 관국회에 초대받은 훈훈한 이야기. 이씨는 날 때부터 매우 공덕심이 풍부하였고 선행 또한 많이 하였다. 그중 한두 개 정도를 들어보면, 시베리아 출병 당시에는 휼병금으로써 돈 500엔을 육군성에 헌금하였고 또 평양 사립 창덕학교의 경영에 자진해서 10,000엔을 기부하였다. 또한 면내교량의 가설비용 20,000엔을 기부하여 세 곳에 다리를 놓고 그 외에도 사립학교에 총액 약 20,000엔이나 기부하는 등 지금과 같은 세상에는 보기 드문 사람으로 마을사람들로부터 덕이 있는 사람이라고 존경받고 있다. 그 공이 보답을 받아 1931년에는 궁중 관국회에 초대되는 영광을 입었다.

공익을 위해 기부를 아끼지 않는다

충남 홍성군 홍동면 효사리, 최원부

최씨는 자신의 면에 전염병이 발생해도 이것을 수용할 병동이 없는 것을 안타깝게 여기고 있었다. 드디어 1931년 11월 돈 300엔을 면에 기부해서 병동을 건축했다. 또 면의 작은 강에 다리가 없어서 주민들이 모두 불편함을 느끼고 있었기 때문에 스스로 솔선해서 기부금을 내어 면 사람들을 움직여 훌륭한 다리를 놓았다.

동정 · 이웃사랑

同情 · 隣人愛

조세를 대납해서 빈민을 구제하다

경남 함안군 군북면 덕대리, 최한익

욕심이나 야심이 없는 사람은 없다. 하물며 도량이 좁은 사람은 약간의 돈이라도 모이면 사회사업이나 공공사업에도 돈을 쓰는 것을 아까워하는 요즘 세상에서 최씨와 같은 사람은 보기 드물게 기특한 사람이다. 최씨는 매우 빈곤한 농가에서 태어났지만 어렸을 때부터 상당히 의지가 굳고 견실하여 다른 사람들이 놀고 있을 때에도 열심히 일을 해서 지금은 10,000여 엔의 자산을 만들어 그 지역에서는 확고부동의 부자가 되었지만 예전과 변함없이 농업에 힘쓰고 있음은 물론 결코 자만하지 않고, 공공적인 방면에도 돈을 내는 것을 아까워하지 않으며 빈민구제를 위해서도 적지 않게 힘써 왔다. 최근 재계의 불황으로 최씨의 마을 역시 그 영향을 받아 면 내의 190여 명의 농민이 조세를 납부할 수 없다는 것을 듣고 매우 불쌍히 여겨 자발적으로 1932년도 제1기분 56엔을 대납하여 빈민을 구제했다.

면장 스스로 대납하여 궁민(窮民)을 구하다

전남 순천군 쌍암면, 면장 신철림

　　말하는 것은 쉽지만 행동하는 것은 어려운 것이 세상 사람의 마음인데 신 면장은 항시 공공사업에 스스로 모범을 보여 면의 사람들로부터 아버지와 같은 존경을 받고 있는데, 이번에는 면 사람들 중에 너무나 피폐하여 아무리 하여도 납부할 수 없는 호(戶)별세 체납자 896호분인 총금액 475엔 88전을 스스로 대납해서 면 사람들로부터 그 덕을 칭송받고 있다.

봉급을 받지 못하는 사립학교의 선생님들에게 500엔을 내놓다

함남 삼수군, 면장 강영모

저쪽에서는 보너스 몇 할, 이쪽에서는 인플레이션 경기로 떠들썩한데 함경남도의 깊은 산속에서는 오랫동안 선생님에게 봉급을 주지 못하는 사립학교가 있다. 그 선생님들의 연말을 걱정하여 극비리에 대금 500엔을 내놓으며 봉급에 조금이나마 도움이 되었으면 한다고 기부한 이가 있다. 듣기만 해도 감격적인 미담이다.

강 면장이 바로 그 기특한 주인공으로 함경남도의 산간지역에서는 사립학교의 경영난이 말로 표현할 수 없을 정도이고 그중에는 오랫동안 봉급을 받지 못하는 이가 있었다. 그럼에도 오로지 육영에 종사하는 교원들의 신과 같은 자세를 보며 진심으로 감복하는 이가 많았다. 강씨의 분발도 이것에 기인한 것이었다. 기부를 받은 학교당국은 '세상은 말세가 아니다. 우리들에게도 우리를 알아주는 이가 있다.'고 기뻐하였고 일반사람들을 포함하여 부모와 형제의 분발은 불을 보듯 뻔하다고 한다. 더욱이 강씨는 보기 힘든 인격자로 독학 역행(力行)한 선비이다. 눈물로 점철된 힘든 과거를 보낸 입지전적인 인물이며 공공사업에 힘쓰고 있는 군(郡)의 제일인자로서 존중받고 있다.

결식아동구제에 2,000엔을 보낸 여걸

경성부 종로2정목(町目), 동아부인상회[10]주인 김영식 여사

김 여사는 예전부터 여러 사회사업에 힘쓰며 공공사업에 기부를 많이 하여 일부의 사람들로부터 여걸이라고 칭송받고 있었는데, 이번 1933년 1월 14일에 환갑을 기념하여 경성부내의 각 공립보통학교 결식아동구제를 위해 2,000엔을 경성부에 기부하는 한편, 동아부인상회 각지의 지점을 통해 순이익금의 3할5부를 점원일동에게 배당하기로 결정해서 내외적으로 여사의 아름다운 행동을 칭찬하고 있다.

여사는 22살에 과부가 되어 여자 혼자의 힘으로 당시 2세였던 장남을 양육하면서 죽은 남편의 유산을 관리하며 기독교를 깊이 믿었고 그 후 28년이 지난 오늘날의 성공을 이룬 사람으로 부인들의 귀감이 되고 있다.

---

10) 동아부인상회(東亞婦人商會)는 1920년에 기혼여성들만을 조합원으로 하여 결성된 주식회사 겸 소비협동조합이다. 부인들에게 가정용품과 서적, 학용품 등 소비재상품을 공동구매해서 판매하였다.

의술은 인술, 신과 같은 공의(公醫)

전남 광양군 광양면, 공의 안학임

'의술은 인술이다.'라고 하는 것은 옛날 말, 세상이 발전하면 의사도 인술만으로는 살아가기 힘든데 그중에는 부도덕한 의사도 있다고 한다. 이러한 상황에서 안씨는 홀로 옛 성자의 말씀대로 인술을 중히 여겨 이전부터 곤란한 사람은 무료로 진찰하고 약도 나누어 주었지만 최근에는 스스로 군내를 순회하면서 빈민을 무료로 진찰해 줄 뿐만 아니라, 1932년 5월 이래 보통학교학생들에게 무료로 눈에 안약을 넣어주었는데 그 소비된 약의 액량이 실로 1,600그램에 달해 마을사람들로부터 신처럼 칭송받고 있다.

따뜻한 조선청년의 동정,
빈곤한 내지인 가족을 구하다

경성부 남미창정(南米倉町)160 잡화상 후지이의 점원 유응오

청년의 따뜻한 동정이 계기가 되어 빈곤한 내지인 가족이 사회로부터 구제를 받게 되는, 듣기만 해도 아름다운 이야기이다. 경성부 남미창정에 거주하는 모(某)내지인은 실직으로 인하여 그날의 식량도 조달하기 곤란한 처지에 있었다. 당시 유씨는 외상값 수금을 받으러 그 내지인 집에 종종 갔으나 전혀 수금을 받을 수 없었다. 하지만 유씨는 지불을 독촉하기보다는 그 집의 아이가 배고픔에 울고 부인이 가난에 힘들어하는 모습을 보며 오히려 동정하여 1932년 11월 29일에 아이에게 50전을 주려고 했으나 부인이 극히 사양하며 받지 않았기에 "일전의 지불금액은 걱정하지 않으셔도 됩니다. 제가 대신 지불해 놓겠습니다."라고 이야기하고는 돌아갔다. 하지만 처지가 딱하고 불쌍해도 부인이 좀처럼 돈을 받지 않아서 유씨는 12월 8일 2엔에 편지를 첨부해서 의주거리에 있는 경찰관 파출소에 찾아가 부인에게 건네줄 방법을 의뢰했다. 경찰에서는

바로 부인을 불러 그 돈을 건네주었다. 이 일이 한번 신문에 실리자 각 방면에서 동정이 모였고 또한 모(某)승려의 설교교재가 되기도 하여 유씨의 행동이 칭찬받음과 동시에 금세 23엔 정도의 돈이 경찰을 통해 전달되었다.

무기명의 편지를 떡과 함께 가난한 이에게 선물,
소년이 대전경찰서에 갖다 놓다

　도소(屠蘇)[11]의 향에 취하는 1933년 정월 2일 대전경찰서에 14,5살의 조선소년이 지게에 작은 상자로 보이는 것을 짊어지고 와서는 현관에 놓고 아무 말 없이 어디론가 사라졌다. 이상히 생각한 숙직자가 현관에 나가 보니 큰 귤 상자 위에 편지와 같은 것이 놓여 있어서 봉투를 열어보니 현금 1엔과 무기명의 편지가 첨부되어 있었다. "새해 복 많이 받으십시오. 약소하지만 생활이 넉넉지 못한 분들께 드리십시오. 수고스러우시겠지만 잘 부탁드립니다." 상자 안에 작은 떡이 한가득 들어있는 것을 보고 놀란 숙직자는 바로 그 소년을 찾았지만 소년의 행방을 알 수 없었다. 어디 사는 누구인지는 모르지만 인정이 없는 요즘 세상에 이 또한 마음이 훈훈해지는 기특한 행위라며 경찰은 칭찬하고 있다.

---

11) 도소(屠蘇)는 산초, 백출, 육계피 등을 섞어 만든 약으로 이것을 술에 넣어서 정월 설날에 마시면 1년의 사기(邪氣)를 물리치고 장수한다고 함.

피난민을 구제한 청년회의 공적

함북 경원군 아산면, 장평 청년회

이 청년회는 회장 박씨 이하 모두가 일치단결하여 예전부터 잘 통제되어 공공사업에 힘써 왔는데, 이번 만주사변으로 간도, 혼춘 지방으로부터 아산면으로 피난해 온 빈민들이 있음을 알고 이를 불쌍히 여겨 일동이 힘을 모아 집안일을 하는 중에도 틈틈이 장작, 땔나무 등을 모아서 그것을 판 대금 5엔을 피난민들에게 분배했다.

가뭄으로 입은 피해에 우는 빈민을 구제하다

경북 달성군 달서면 감삼동, 윤정도

1932년 여름의 가뭄피해로 인해 달성군 지방의 농가는 상당히 궁핍해 있었다. 특히 감삼동 소작농 박영환 외 35호(戶)는 공과금 납부는 물론 그 날의 식량도 부족해 실로 비참한 상태였다. 그것을 보다 못한 윤씨는 36호분의 공과금 24엔 여와 부역금 11엔 여를 대납하고 그중에서 극빈자 11호에 1호당 보리 2그램 5되씩을 나누어 주었다.

농업기금과 제승기(製繩機)를
빈곤한 사람에게 보낸 지주

함남 홍원군 용원면 동계리, 김기국

김씨는 지방의 성실한 농사꾼으로 상당한 자산을 갖고 있어서 이전부터 빈곤한 사람을 보면 항상 도와주었는데 지난 1932년 12월 8일에도 부근의 형편이 어려운 이들 8명 중 한명에게는 농업기금 100엔을 다른 7명에게는 시가 15엔의 제승기 한 대씩을 주어 빈곤한 농사꾼들의 생활에 큰 도움을 주어 주위의 칭찬이 자자하다.

소작농을 구제한 덕이 높은 지주

평양부, 부호(富豪) 이린걸

지주와 소작농의 보기 흉한 다툼은 어느 시대, 어느 나라에서도 끊이지 않는 것이 보통이지만 이씨는 항상 소작농을 자식과 같이 여기어 그들의 걱정을 자신의 걱정으로 생각했기에, 소작농들로부터 아버지와 같이 존경받았다. 이 얼마나 아름다운 이야기인가.

1919년 평안남도는 대흉작으로 인해 풀뿌리나 나무껍질도 이미 바닥나 소작농들은 말 그대로의 기아상태에 놓여 있었다. 이때 이씨는 중화군(中和郡)의 자신의 소작농 46호(戶)에 밤 100석을 베풀어 많은 가족을 사경에서 구해냈다. 더욱이 그 후에도 흉작일 때는 소작농에게 식량을 대여해 주었기에 일부에서는 신과 같이 추앙받고 있다.

내지로 돈벌이 간 노동자,
100엔을 고향의 빈민에게 보내다

경남 남해군 남해면, 정재홍

넘치는 재산이 있어도 좀처럼 베푸는 사람이 적은 요즘 정씨는 일개 노동자로 지금은 오사카(大阪)로 돈을 벌러 가 건설업에 종사중인 사람인데 그리 넉넉지 않은 생활 속에서 땀과 기름으로 모은 실로 소중한 100엔을 1932년 10월 21일 빈민구제비로 고향의 경찰 앞으로 보내왔다. 경찰은 혹시 잘못 온 것은 아닌지 우선 오사카의 경찰서를 경유하여 돌려보냈는데 같은 달 27일 청원서와 함께 다시 보내왔다. 가난한 사람의 마음을 잘 아는 정씨와 같은 사람이야말로 빈민의 사정을 가장 잘 이해하는 사람일 것이다.

빈민의 궁핍함을 동정하여 벼 50석을 기증

경남 하동군 하동면, 이원재

하동지방은 근년에 없던 흉작이었다. 거기에 쌀 가격이 폭락해 농민은 매우 궁핍한 상태에 빠져, 공과금 체납이나 그 외에 상당히 비참하고 슬픈 이야기들이 적지 않았는데 이씨는 진심으로 그것을 동정하여 1932년 5월 벼 50석을 군 당국에 기증하여 구제하는 방법을 의뢰했다.

빈곤한 노부부에게 집을 무료로
빌려준 의협심 강한 사람

경남 마산부 석정(石町), 이정찬

경상남도 창원군 귀산면 감천리에 김경운이라는 올해 62살이 되는 노인이 같은 나이의 아내와 함께 빈곤한 생활을 하고 있었다. 나이를 먹어 일정한 직업도 없고 낙엽을 주워다 팔아 얻은 적은 수입으로 겨우 그날그날의 생활을 이어가고 있었다. 이것을 보다 못해 가엾이 여긴 것이 바로 이씨이다.

이씨는 의협심이 강한 남자이다. 김씨 부부의 불쌍한 생활을 보고 그대로 둘 수 없었다. 1932년 12월 초순 자신의 집이 하나 비자 바로 김씨 부부를 집세를 받지 않고 그 집에 살게 했다. 노부부는 이씨의 의협심에 눈물을 흘리며 기뻐했고 신과 같이 이씨를 우러러봤다.

기특한 여자지주, 죽은 남편과 아이의 영혼을 달래기 위해 모든 소작농의 빚을 말소하다

충남 당진군 면천면 송학리, 지주 오재섭

죽은 남편과 아이의 영혼을 달래기 위해 밑바닥 생활에 시름하는 소작농의 궁핍한 상황을 동정하여 그 빚을 전부 말소해 준 기특한 이야기. 오씨는 부농이지만 3년 전에 남편과 사별하였고 작년에는 또 장남을 잃어 슬픔에 빠져 있었다. 1932년 성묘를 하러 고향인 충청남도 아산군 해미면 응평리에 돌아갔을 때 그곳의 소작농인 정덕환 등 23인을 모아 죽은 남편과 아이의 조문을 대신해서 소작농들에게 모든 빚을 말소할 것을 전달하고 모두의 앞에서 계약서 전부를 태워버리고 원리금 1,000여 엔을 말소했다. 이 따뜻한 마음씨에 소작농들은 기쁨의 눈물을 흘렸고 가까운 마을에서는 기특한 이야기라고 소문의 이야깃거리가 되어 있다.

굶주린 백성을 구제하는 자선의 꽃

전남 나주읍, 농부 정봉호

　나주 부근의 영세민으로 평소부터 생활하기가 힘들었던 사람이 1932년 봄, 농촌 춘궁기에 접어들면서는 먹을 식량이 전혀 없어 겨우 풀뿌리나 나무껍질로 연명하고 있었다. 그것조차 지금은 구하기 어려워 죽음을 기다리고 있는 사람이 많다고 하는 슬픈 모습을 보다 못해 정씨는 흰쌀 4가마, 밤 10가마를 이들에게 주었고 일부 사람들은 겨우 소생을 할 수 있게 되어 그 덕을 칭송했다.

30,000엔의 채권을 헌신짝처럼 버려
채무자에게 자력갱생을 말하다

경북 영덕군 축산면, 부호(富豪) 김정탁

농촌진흥의 근본은 고리부채 정리와 소작권의 안정에 있다고 하는 때에 드물게 약 30,000엔의 채권을 헌신짝처럼 버려 채권자 일동에게 자력갱생을 설파했다는 성실하고 인정이 두터운 사람이 있다. 말할 것도 없이 김씨가 그 사람으로 김씨는 1932년 11월말 군내에 산재하는 채무자 145명을 자택으로 초대하여 채권 원리금 30,000여 엔을 오늘부로 포기할 뜻을 전했고, 각 채무자로부터 받은 차용증서를 본인에게 각각 돌려줌과 함께 관계 장부를 채무자의 눈앞에서 전부 소각하였다. 게다가 "현재 농촌의 갱생에 관민 모두 운동하고 있는 때에 자신에 대한 채무는 오늘부로 소멸했기 때문에 여러분은 이후부터 아무런 걱정 말고 생업에 힘쓰며 자력갱생에 최선을 다함과 동시에 이후도 절대 부채를 지지 않도록 주의하는 것이 중요하다."라며 간곡히 타일렀기에 일동도 감격의 눈물을 흘리며 모두 자력갱생에 힘쓸 것을 맹세했다. 그 가운데에 모

㈜채권자의 동생은 "형의 채무는 동생에게도 책임이 있으니 제 손으로 적으나마 반액이라도 지불하게 해 주십시오."라며 부탁하는 등 듣기만 해도 기분 좋은 여러 가지 미담들이 전개되었다고 한다.

결빙실업중인 광부의 생활을 불쌍히 여겨
은혜를 베푸는 금광채굴청부업자

함남 풍산군 천남면 통리, 이찬영

이씨는 일본광업주식회사의 금광채굴을 청부맡아서 경영하고 있는 사람으로 결빙기간 중 예년행사를 중지한 채로 해를 넘기기를 보통으로 하던 차에, 올해는 불경기 탓인지 자신의 고용인 11명의 광부가 월동 중에 실직하여 생계가 매우 곤란한 것을 알고 구제금으로써 자신이 소유하고 있던 광석 시가 342엔을 나누어 주어 월동준비를 시켰다. 이 때문에 도움을 받은 11명은 매우 안심하며 봄을 기다릴 수 있게 되었다고 기뻐했다. 이것을 전해들은 부락민은 인정이 없는 요즘, 진심으로 자비로운 사람이라고 존경하고 있다.

자립자영

自立自營

빛나는 농촌의 성자

경북 성주군 초전면 봉정동, 권중선

세상은 도도히 아름답게, 사람은 노력 없이 이익을 취하는 것에만 급급하여 비료를 짊어지는 농민 등을 돌보는 사람이 없는 이때에, 권씨는 이 경박한 사람들을 속으로 비웃으며 빈손으로 한 발짝 한 발짝 대지에 발자국을 남기는 것 같이 확실히 노력한 결과, 훌륭한 모범부락을 만들었다. 권씨는 1924년 사립 대구 교남(嶠南)학교를 졸업하자마자 의기양양하게 관리로 취직하려는 동창생을 거들떠보지도 않고 농촌입국(立國)에 뜻을 갖고 우선 내선농업 선진지(先進地)를 시찰하며 연구를 거듭하였다. 귀향하자마자 피로가 극에 달한 마을사람들의 선두에 서서, 갱생의 깃발을 들고 씩씩하게 농촌의 진흥을 부르짖어 농사의 개량, 생활개선, 부업의 선택실행 등 스스로 그 모범을 보이며 아침에는 어두울 때부터 시작하여 저녁에는 별이 보일 때까지 열심히 노력을 거듭하였다. 또한 1925년에는 사재를 털어서 봉정동 사립학술강습회를 개설하여 입학불능학령 아동에게 쉬운 보통교육을 받게 하였고, 또한 노동야학을 개최

하여 청년이나 부녀자에게 한글이나 산수를 가르쳤다. 1927년에는 양잠조합을 조직하였고 이것을 장려하여 지금은 봄과 가을에 75장의 누에채반에서 애누에를 쓸어 옮기고 있다. 그 뒤에도 계속해서 권농공제조합, 농사개량실행조합, 부인회 등을 만들어 농사개량, 부업의 장려, 생활개선 등에 힘쓰며 봉정동에 기거하면서 일반적으로 농촌에 필요한 시설을 완비시켜 도내의 우량모범 부락으로 변화시켰다. 권씨는 이런 빛나는 공적에 대해서 조선총독이나 신문사 등으로부터 몇 번인가 표창을 받았다.

눈물이 나올 것 같은 농촌권노(勸勞)미담

경남 창원군 상남면 가음정리, 권정수

매우 불우했던 과거를 청산하고 귀농하여 근면 성실하게 노력하며 농촌의 여명을 향해 힘찬 발걸음을 계속하고 있는 청년의 이야기. 권씨는 아무것도 가진 것 없는 가난한 소작농의 가정에서 태어났다. 권씨가 간신히 보통학교를 졸업했을 때 생활에 허덕이던 일가는 비참하게도 오래전부터 살던 고향을 등지고 만리타국 길림성으로 이주하지 않으면 안됐다.

일가는 이리와 같은 마적과 비적으로부터 괴롭힘을 당하면서도 삼림을 개간하여 내일의 희망을 기원하면서 있는 힘을 다해 일하였다. 일을 하면서도 뜻하는 바가 있던 권씨는 동광(東光)중학교에 입학하여 1926년 무사히 졸업하였다. 그때는 권씨가 19세가 되던 해 봄이었다.

"마족의 말고삐를 끌며 지낸 날도 그때였다."

라며 권씨는 이야기하고 있다. 하지만 하늘은 아직 은혜를 베풀지 않았다. 계속해서 습격해 오는 불행 탓에 농업경영은 뜻한 대로 되지 않았고 어제의 건설이 오늘내일 무너져가는 현실 속에서 새삼스럽게 고향생각에 사로잡힌 일가는 굶어죽더라도 고향땅으로 가자고 생각하여 다시 본적지로 돌아온 것이다.

원래부터 병약했던 그는 농업의 과로를 걱정하여 상업에 뜻을 두고 이리저리 상가의 문을 두드렸지만 소용이 없었고 1928년 웅천면(熊川面) 사립학교의 교사로서 박봉이지만 가계를 돕고 있었다. 그 후 반년 병상에서 신음을 하던 권씨가 병원의 암울한 공기를 통해서 느낀 인생, 그것은 일을 하는 것이었다. 그리고 농촌에 살자고 결심했다. 농업으로 직업을 바꾼 권씨는 단지 일하는 것밖에 생각하지 않았다. 걱정했던 몸은 오히려 건강해졌다. 노동의 신성함과 농민의 건강함을 체험한 기쁨은 1930년 4월 남면(南面) 공립보통학교의 지도생에 선정된 것으로 점점 더 농사에 대한 신념이 굳어져 갔다. 지도생으로서 권씨의 활동은 눈부셨다. 단일적 농법에서 다각적이고 입체적인 농법으로 매진하여 불면불휴(不眠不休)로 활동을 이어갔다. 마을 사람들은 권씨의 착실함과 근면함에 감명 받아 소작지를 제공해 주었다. 자급비료의 증산적 견지로부터 자운영(紫雲英)12)보다 나은 헤어리베치13)를 수전(畓), 논두렁, 그리고 도로의 빈 땅을 이용하여 그 범위를 크게 넓혔다. 수전은 단(反)당 수확의 증가에, 밭은 보통 보리, 콩 경작보다는 채소에 신경을 썼고, 고구

12) 중국이 원산지. 높이는 10~25cm. 봄에는 자주색 꽃을 피운다. 어린잎은 식용으로 사용되고 남부에서는 녹비용으로 재배한다.
13) 아시아 남서부와 지중해 동부가 원산지. 높이는 1.5~2m. 꽃은 적자색으로 목초나 녹비식물로 사용.

마의 모종을 육성하여 마을사람들에게 배부하여 현재 부락에 고구마가 없는 집은 드물 정도가 되었다. 권씨의 영리한 머리는 가옥의 설계에까지 이르러 조선식 축조법을 중국식으로 고쳐, 천장에 물건을 두는 토방의 일부를 매장고(埋藏庫)로 하는 등의 개량을 하였다. 또 공려회(共勵會)에 권씨가 모습을 보이지 않는 경우가 없었고 여러 강습회나 강연회에도 참석하였다. 재작년 김해군 진영에서 채소 속성재배 강습회가 열렸을 때였다. 눈이 짚신을 덮고 있었다.

「학교에 자전거로 가는 게 어떠니?」

「아닙니다, 걸어서 가겠습니다. 일한다고 생각하면 아무것도 아닙니다.」

기차요금이 없어서 4리의 눈길을 걸어간 권씨의 연구적인 태도이다. 1932년 6월 도에서 선발된 내지(內地)우량부락의 시찰 후, 권씨는 공려회(共勵會)에 참석한 자리에서 감격과 흥분을 회고하면서 눈물을 흘려 회원일동의 분발을 촉구했다.

고난의 도가니로 점철된 인생관이 강하고 굳은 부락의 지도적인 인물로서 장래가 기대되었고, 온후한 성격은 깊이 사모하고 존경받아 부락민의 신용은 더욱 깊어져 간다.

종이 울린다 종이 울린다 여명의 종이, 전진하라 명랑하게 농촌의 청년들.

자력갱생의 이상향, 눈에 들어오는 것이 온통 신록의 뽕나무정원, 금주(禁酒)저금 2,000천 엔

함남 문천군 운림면 인흥리 주민(70호(戶))

자력갱생 등에 관한 의논을 제쳐두고 아주 오래전부터 면장과 부자를 지도자로 삼아 몸소 실천하며 풍족하고 평화로운 이상향을 만들고 있는 이야기. 이전에는 별로 풍족하지 않았던 이 부락에서는 지금부터 15,16년 전 나가노현(長野縣)에서 온 동양척식주식회사(東洋拓殖株式會社) 이민 부부가 양잠으로 부자가 된 것에 자극받아 보고 들은 것을 흉내 내어 논 주변과 밭두둑에 열심히 뽕나무를 심었다. 이것이 현재 수전(水田) 8, 9정(町) 면적에 대하여 27정(町)의 뽕나무정원을 갖고 있으면서 봄기운이 완연한 때에 눈에 보이는 것은 모두 신록의 조망이 되어 가고 있는 양잠부락을 상징하는 원래의 발단이다. 그리고 이는 다년 많은 수익을 올리고 있다. 더욱이 특기(特記)할만한 것은 1922년 같은 마을의 청년회원을 중심으로 조직되었다는 것이다. 65인의 금주(禁酒)회원이 월 50전의 금주저금을 열심히 하여 현재 2,927엔의 저금을 갖고 있으며 또한 청년회가 매년 부근의 동양척식주식회사 소유의 삼림의 잡초 베기에 종사하여 그 보상금 300엔을 재산에 적립하였다. 이외에 납세조합, 축산조합, 양잠조합, 소년회 등의 각종단체는 작년 창설된 공영회(共榮會)의 통제지도에 따라서 일사불란하게 움직이며, 일정한 재산이 있는 자는 마음도 바르다는 옛말과 다르지 않게 물심일여(物心一如)의 화목한 마을을 형성하였다. 또한 경로회, 소를 날것으로 먹이기, 또 색이 들어간 옷을 장려하는 데에 한결같이 자력갱생의 대도(大道)를 활보하고 있다고 한다.

모범적인 농촌청년단 자력갱생의 결실을 맺다

강원도 양구군, 양구 청년단

이 단체는 권농공제조합의 돈으로 송아지를 사서 새끼를 갖게 하여 기른 다음, 어미 소를 가장 비쌀 때에 팔아 그 이익을 한 마리 당 10엔 내지 7, 8엔을 받아 합계 200엔에 이르렀다. 이것으로 지난 해 수해를 당한 토지를 사들여 농간기에 각자 자갈을 줍고 제방을 쌓아 결국 30마지기의 수전(水田)으로 하여 40석의 수확을 거둬들여 현재는 1,000엔 이상의 가치를 갖기에 이르렀다.

그리고 일부에 공동작업장을 설치해 새끼를 꼰 것이나 또는 짚신을 준비해 모두 긴장감이 넘치는 분위기에서 일을 하고 있다. 또한 매달 반드시 30전의 저금을 약속하여 실행하고 있다. 그것에 대해 이주자 중에서 반대하는 이가 나오면, 그와의 교제를 끊고 또한 거주하는 것조차 거부했기에 결국에는 자신이 잘못 생각했다며 사과하고 30전 저금하는 것을 함께 한다고 하는 마음이 훈훈해지는 자력갱생의 효과가 나타나고 있다.

몸은 가난하지만 마음에 비단옷을 입은 효자

경남 진해 보통학교 아동, 임간석

임씨의 집은 매우 빈곤하여 학교 수업료조차 마음 같지 않아 수 개월이나 연체를 해버렸다. 어린마음에도 가계를 걱정한 임씨는 누구에게도 배우지 않았는데 1931년 겨울 방학을 이용하여 매일 산에서 장작을 주워 이것을 마을로 갖고 가 팔아 가계를 돕고, 연체하고 있던 수업료의 일부로 1엔을 학교에 제출했다. 그 후로도 계속해서 학교 방과 후에는 열심히 일해서 집안일을 돕고 있다. 가난한 집에서 효자 나온다는 말은 조선에서도 내지(內地)에서도 실로 천고불변의 격언이다.

보은 · 경로

報恩 · 敬老

내지인 지주의 덕을 칭송하여
기념비를 세운 소작농

전북 고창군 성송면, 오병기 외 73명

내지인과 조선인을 연결하는 꽃, 빛나는 보은의 실화이다. 전북 고창의 내지인 지주 가미세 구마키치(上世熊吉) 씨는 평소에 소작농을 아끼어 소작농의 걱정은 자신의 걱정이라 여겨, 이전부터 소작농에 대한 덕행은 손을 꼽을 수가 없을 정도였다. 소작농 일동은 또한 가미세 씨를 마치 자부(慈父)와 같이 경모(敬慕)하여 무엇이든 가미세 씨에게 의지하였는데 그 친밀한 모습은 내선융화의 꽃으로써 전부터 마을 사람들의 칭찬이 자자했다.

이번에 오병기 씨 외 73명의 소작농들은 이 가미세 씨의 은혜에 보답하여 영구히 이것을 기념하기 위해 함께 의논하여 각자 20전에서 8엔의 돈을 서로 내놓아 1932년 말에 고창 읍내에 감사표창 기념비를 세워 그 비문에 다음과 같이 가미세 씨의 선행을 칭송했다.

義俠其風　　의롭고 호탕한 그 풍모요
豁達其度　　넓고 통달한 그 도량이로다
富以其仁　　인으로써 부를 이루고
蓄以其施　　베풀어서 재산 쌓았네
渴者其飮　　목마른 자를 마시게 하고
病者其蘇　　병든 자를 낫게 하였네
衆口其頌　　모든 이들이 칭송하니
片石其表　　기념비 세워 드러내네

내지인으로부터 받은 은혜를 황군에게 보답하다

경북 영일군 창주면, 안호진

안씨는 열심히 가업에 힘쓰고 또한 마음가짐이 좋은 사람으로 마을사람들로부터 경애를 받았다. 수년 전 내지에 돈을 벌러 갔을 때 어떤 내지인으로부터 깊은 은혜를 받았기 때문에 이전부터 이 은혜에 보답하고자 생각했었지만 그 주소를 잊어버려서 유감스럽게 생각하던 차에 황군출동부대의 노고에 감격하여 적으나마 전에 내지인으로부터 받은 은혜를 이 황군에게 보답하고자 가난한 저금에서 22엔 10전을 내어 위문금으로써 관동군에 보내는 것을 경북 도청에 신청했다.

부락의 빈민을 동정하여 밤을 무상으로 배급한 김씨를 위한 감사의 비(碑)

함남 고원군 운곡면 태을리, 김문환

김씨는 면내에서 중류생활을 하고 있으나 자비심이 깊은 사람이었다. 면내 다수의 빈민이 그 날의 생활이 힘들어 먹을 것이 없어 풀뿌리와 나무껍질을 채집하여 간신히 아사를 면하고 있는 현재 상황을 보고 대단히 동정하여, 1932년 5월 상순 만주 밤(栗) 5석(石)과 콩 5석(石)을 구입하여 가장 곤란한 빈민 49호(戶)에 이것을 분배하여 주었다. 당시는 춘궁기로 곡물이 너무나 부족하여 극도로 어려운 지경에 빠져 있던 이들 빈민은 겨우 소생의 뜻을 갖고 김씨를 신과 같이 숭상하고 감사해 하였다. 최근이 되어서 구제받은 이들이 서로 모여 동(同)부락에 김씨의 기념비를 건설했다. 자선과 보은, 듣기만 해도 기분 좋은 이야기가 아닌가.

노옹(老翁)의 독행(篤行)과 이에 보답하는 사람들

충북 제천군 제천면, 홍재응
같은 지역 유력자

홍씨는 어린 시절부터 약종상(藥種商)을 운영하며 나날이 번창하여 가족 10명이 원만한 가정을 이루었고, 공공심이 강하고 토지의 발전과 각종 시설에 대해서는 항시 다른 것들보다 우선시하여 많은 금액을 각출하였고, 또한 곤궁한 사람들을 구제하는 것을 마다하지 않았기에 마을사람들로부터 신용이 두터웠으며 일부 사람들은 신처럼 받들기도 했다. 그러나 인간만사가 새옹지마로, 이 숨은 덕행이 많은 사람에게 어쩐 일인지 근래에 들어서 사업이 모두 실패하는 등 연말을 앞두고 홍씨의 사정이 더 안 좋아진 것을 전해 들고 제천의 유지들은 매우 동정하여 김동기 씨와 외지인 2명의 발기로 홍씨의 노후를 구제할 동정금을 모집하고 있었는데 내선동포가 하나같이 이것에 찬성하여 금품을 보내는 사람이 많아지고 제천에 때 아닌 내선융화의 꽃을 피웠다. 이것도 한편으로는 홍씨의 여러 해의 걸친 미덕에 하늘이 보답한 것이겠지만 덕에 보답하는 사람들의 마음도 얼마나 따뜻한 것인가. 인정이 종이와 같은 요즘 세상에.

빛나는 보은 내지인인 옛 주인에게
제사지내기를 10년

경성부 관동(館町)167, 김병호

인정이 없는 요즘 10년 전의 내지인인 옛 주인에 대해 지금도 그 은혜를 잊지 않고 추도회를 가졌다고 하는 이야기가 있다.

김씨는 어렸을 때부터 경성 본정(本町) 2정목(丁目) 만년필상 영광당(榮光堂) 즉 가미야마 마쓰타로(上山松太郎) 씨에게 고용되어 일하는 사이에 주인으로부터 적지 않은 애정을 받은 것을 매우 감사히 여기고 있었으며, 주인이 10년 전에 작고하고 나서는 다른 직업을 찾아 일을 하는 중에 하루라도 그 은혜를 잊은 적이 없었다. 1933년 그 10주기에 해당하는 지난 4월에 옛 주인의 고향인 야마구치현(山口縣)으로 향해 그 유족을 만나 정중히 큰 은혜에 감사를 표하고, 1월 9일에는 경성부 영락정(永樂町) 구세군소대에 고인의 연고자 및 친구 등 40여 명을 초대하여 성대한 추도회를 열었다. 더욱이 작년은 묘표(墓標)를 세우는 등 모두 자비를 들였고 이렇게까지 10년이라는 긴 시간 옛 주인을 잊지 않은 것을 들은 사람들은 감격의 눈물을 흘리지 않는 이가 없다.

빛나는 모범부락에 청년이 솔선하여 경로 모임

함남 덕원군 현면, 세동리 청년단

세동리는 원래 모범부락 중에 모범부락으로서 명성이 자자하였고 특히 최근 1년이 채 안 되는 사이에 상당한 통제력을 보여줬으며 근면노력 외에 보기 힘든 진흥을 보여주고 있다. 그렇기에 그 청년단은 특히 훌륭하고 4,50명의 단원이 일치하여 농촌을 짊어지고 일어서기에 충분한 순박함을 갖고 매진하고 있다. 특히 1932년 12월 18일에는 이 청년들이 솔선하여 60세 이상의 노인들에게 경로회를 열어 주었고 이때 만난 남자 15명, 여자 13명의 노인들은 화기애애한 가운데에 경로의 아름다운 마음을 발로(發露)하여 눈물겨울 정도로 소리 높은 청년들의 합창을 듣고 성황리에 해산했다.

정직 正直

60여 엔의 현금을 주워
주임에게 준 정직한 심부름꾼

함남 함흥 우체국, 심부름꾼 최씨

다른 사람의 것이라도 날치기하는 교활한 세상에 이것은 또 들어도 기분 좋은 정직한 이야기. 1933년 1월 7일 오후의 일이다. 최씨는 언제나처럼 우체국내의 공중 대기실을 청소하며 쓰레기를 쓰레기통에 버리려고 했다. 그때 더럽혀진 봉투가 섞여 있는 것을 본 최씨는 살펴봤더니 현금이 들어있는 것 같다는 생각에 바로 주임에게 보여주고 조사를 해 보았는데 현금 50엔과 수표 14엔 80전이 들어 있었다. 떨어뜨린 주인은 시장의 마루나카(丸中)상점 점원인 것으로 판명 나서 전부 잃어버린 주인에게 돌려주었다. 그 정직함에 모두 감탄했다.

정직한 점원과 군인의 아름다운 마음씨

함남 함흥부 본정2정목 스즈키(鈴木) 약방, 점원 채규응

1932년 연말, 기분도 어수선하고 돈이 궁해서 돈이라는 말에 매우 민감하게 반응하는 요즘. 채씨는 어느 날 아침 가게 문을 열고 아무 생각 없이 밖을 보았는데 뭔가가 사람을 기다리고 있는 듯 떨어져 있다. 주워보았더니 군인의 귀중품이어서 바로 헌병대에 신고했다. 헌병대로 불려간 분실자는 언제였던가 잃어버린 줄 알았던 3엔이 그대로 들어있었기 때문에 몹시 놀라며 기뻐했다. 헌병대에서는 15전 정도를 사례금으로 하는 것을 제안했지만 그 군인은 의리가 굳어서 50전 동전을 꺼냈다. 그런데 채씨는 전혀 받을 생각이 없었고 "군인은 나라를 위해 일해서 하루에 겨우 15전 정도의 벌이이기 때문에 받을 수 없습니다." "아닙니다, 꼭 받아주시지 않으면 마음이 놓이지 않습니다."라고 서로 주장하면서 한치의 양보도 없이 서로 아름다운 진심을 토로했다. 그러다가 간신히 50전을 채씨에게 건네줬다고 하니 감탄할 이야기가 아닌가.

반지를 주워 사례금을 헌금하는 청년

평남 평양부 산수정(山手町) 후쿠시마(福島)의 점원 한치두

한씨는 지난 1월 8일 주인집 정원 앞에서 백금 반지 하나를 주워, 곧바로 평양 경찰서에 신고했더니 반지는 진남포부(鎭南浦府)의 '파스트' 부인의 것이라는 것을 알게 되었다. 부인이 대단히 기뻐하여 돈 10엔의 사례금을 보내왔다. 감격한 한씨는 이것을 자기 것으로 해서는 안 된다. 이런 돈이야말로 눈이 내리는 황야에서 고생을 하고 있는 황군의 군인에게 보내야 한다고 생각해 헌병대를 찾아 헌금을 하여 듣는 이를 감격하게 했다.

군국의 꽃이 된 조선인

이 정 욱

『조선인 독행미담집 I (朝鮮の人の篤行美談集 I)』의 미담들은 광주학생
의거(1929.11), 만보산사건(1931.7), 일본의 만주국 건설(1932.3), 윤봉길
의사 상하이 폭탄투척(1932.4), 1차 상하이사변(1932.5), 일본군의 산해
관(山海關) 점령(1933.1) 등 제국주의 일본의 중국 대륙진출과 식민통치
에 저항한 조선인들이 등장했던 1930년대에 일어난 조선인들의 이
야기이다.

일본의 식민지에서 독립하기 위한 국내외 조선인들의 활발한 움
직임을 경계해야만 했다. 또한 중국대륙 진출의 전초기지의 역할을
담당해야 했던 조선의 안정적인 상황이야말로 조선총독부의 첫 번
째 사명이라 할 수 있다. 『조선인 독행미담집 I』은 조선헌병대 사
령관이었던 이와사 로쿠로(岩佐綠郎)가 밝히고 있듯 재조선 일본인과
일본인들에게 "내선융화의 첫걸음은 조선인의 장점을 파악하고,

자비와 어진 마음으로 조선인을 대할 때야 비로소 시작된다."는 점을 홍보하기 위해 간행되었다. 하지만 책의 주요 키워드가 황국, 애국, 국방, 군인, 병사, 헌병, 위문, 출동 등임을 살펴볼 때 이 책은 일본의 대륙 진출을 위한 사전 작업으로, 일본에 협력할 수 있는 조선인들을 양성하기 위해 간행하였다고 보아야 할 것이다.

『조선인 독행미담집 Ⅰ』에 수록된 미담 중 몇 가지를 살펴보기로 한다. 우선, 성심 편 중 「마쓰오카 전권대사의 어머니(母堂)에게 영약(靈藥)을 보내다」는 일본이 세운 만주국을 인정하지 않은 국제연맹에 항의하기 위해 일본 정부가 국제연맹에 파견한 마쓰오카 요스케(松岡洋右, 1880~1946)의 88세 된 어머니에게 회령 특산물인 들쭉으로 만든 약을 보내는 조선인이 그려져 있다. 회령읍의 조선인이 우송료까지 부담하며 마쓰오카의 어머니에게 조선의 명약을 보내는 배경에는 국가를 위해 해외무대에서 고군분투하는 자랑스러운 아들을 둔 어머니에 대한 존경심에서 기인한다 할 수 있다.

1931년 만주사변이 일어나고 이듬해, 국제연맹은 린튼조사단을 파견해 일본에 의해 세워진 만주국을 인정하지 않는다는 보고서를 채택했다. 이에 항의한 일본은 1932년 12월 8일 국제연맹 일본수석 전권대사인 마쓰오카를 파견했다. 마쓰오카는 국제연맹 총회에서 구미열강은 20세기 일본을 십자가 위에 매달려고 하지만 예수가 후세가 되어서야 인정받았던 것처럼 만주국에서 일본의 정당성은 반드시 명확해 질 것이라는 '십자가 위의 일본'을 원고 없이 1시간 20분에 걸쳐 연설하였다. 하지만 만주국을 인정하지 않는 국제연맹에 반발해 일본은 1933년 3월 8일 국제연맹에서 탈퇴함으로써 기나긴 전쟁으로 돌입하게 되었다. 마쓰오카의 연설을 전하는 신문기사를 접하고 취한 회령의 조선인 이야기는 일본의 군국주의의 서막을 미화하는 이야기이다.

다음으로 주목해야 할 미담으로 1932년 제1차 상하이 사변 중 적진을 뚫고 산화(散華)한 일본의 「육탄 3용사에 감격해 헌금—헌병 대장을 울린 안마사」와, 중국 길림성의 조선청년 3용사를 소개하는 「빗발치는 탄알을 피해 우리 편의 곤경을 아군에게 알린 조선청년 3용사」, 「빛나는 군국의 꽃, 소수의 아군을 구하고 용감히 싸워서 비적을 격퇴」한 미담이다.

「육탄 3용사」는 1932년 2월 22일 중국 상하이 교외에서 치러진 일본군과 중국 국민혁명군의 전투에서 혁명군의 토치카와 철조망을 뚫기 위해 폭탄을 들고 적진으로 뛰어들어 전사한 에시타 타케지(江下武二), 키타가와 스스무(北川丞), 사쿠에 이노스케(作江伊之助)를 가리킨다. 「폭탄 3용사」로도 불리며 일제강점기 군국미담(軍國美談)의 주인공으로 추앙되었다. 승리를 위해 목숨을 걸고 싸운 일본인 병사들의 소식을 접한 가난한 조선인 안마사는 한 푼, 두 푼 모아 국방비로 전달한 것이다. 이들 「육탄 3용사」는 일본은 물론 조선에서도 영웅으로 널리 홍보되었다.

오사카 아사히신문 보도　　　　오사카 나니와좌 연극 『육탄 3용사』　　　맥주 광고

　　사건 발생 20여 일이 지난 후 이들의 소식을 처음으로 보도한 오
사카 아사히신문은 사진과 함께 당시의 상황을 전달하였다. 신문
보도 10여 일 후, 일본의 6개 영화사에서 「육탄 3용사」을 다룬 7
편의 영화가 제작되어 3월 3일부터 일반에게 상영되었다. 『육탄3용
사(肉彈三勇士)』(石川聖二 감독, 新興キネマ 제작, 1932년 3월 3일), 『충혼육탄 3용사
(忠魂肉彈三勇士)』(根岸東一郎 감독, 河合映畵 제작, 1932년 3월 3일), 『충렬 육탄3용
사(忠烈肉彈三勇士)』(古海卓二 감독, 東活映畵 제작, 1932년 3월 6일), 『쇼와의 군신
폭탄 3용사(昭和の軍神 爆彈三勇士)』(赤澤映畵 제작, 1932년 3월 3일), 『쇼와군신
육탄 3용사(昭和軍神 肉彈三勇士)』(福井信三郎 감독, 福井映畵 제작, 1932년 3월 17일)
등이다. 이들 영화는 제작기간 10여 일이라는 짧은 기간에 만들어
진 영화는 각 영화사들의 사활을 건 제작이었으며 「육탄 3용사」의
영웅담을 대중에게 가장 신속하고 효과적으로 홍보할 수 있었다.
「육탄 3용사」는 영화뿐만 아니라 가부키(歌舞伎), 신파(新派), 라쿠고(落
語), 유행가, 레코드극, 군가, 동요 등 가능한 모든 예술 영역에 걸쳐
프로파간다로 이용되었다. 이러한 애국심의 프로파간다를 목적으

로 한 「돌격!! 돌격!! 기린(맥주회사)은 끊임없이 진로를 개척한다」는 맥주 광고의 캐치프레이즈로 사용되기도 하였다. 「육탄 3용사」의 목숨을 건 행동에 감격한 조선인 안마사의 미담은 「조선청년 3용사」로 이어진다.

1932년 9월 길림성 반석현에서 중국군에 포위된 2,300여 명의 조선인과 일부 일본군을 위해 포위망을 뚫고 근처에 주둔하고 있던 일본군에게 상황을 전해 위기를 모면한 3명의 조선인 미담은 일본의 「육탄 3용사」로 비유되며 「군국의 꽃」으로 추앙받았다. 이들의 행동을 홍보하기 위해 조선총독부가 영화로 제작중이라는 당시 신문기사를 접할 수 있지만 현재, 영화의 존재는 확인할 수 없다. 하지만 제국주의 일본을 위한 조선인의 애국심을 강조를 위해 절호의 소재로 이용되었다고 할 수 있다.

「3용사」 시리즈는 「장충단 공원 내에 육탄 3용사 동상」(『매일신보』 1937. 5. 8), 「만주의 조선인 3용사」(『만선일보사』 1940. 9. 23), 「재현된 육탄 3용사」(『매일신보』 1942. 3. 11), 「야스쿠니신사에 합사될 대전 출신의 3용사」(『매일신보』 1942. 9. 29)로 이어진다.

1930년대 중국에 한정되었던 조선인의 군국주의 미담은 이후 동남아시아, 태평양 등으로 확대되며 '황국신민'인 된 「3용사」로 거듭났다.

여성 재력가들의 등장과 활약상

엄 기 권

『조선인 독행미담집 I』의 후반부인 「공익공덕」부터 마지막 「정직」까지는 총 52개의 미담으로 이루어져 있다. 구체적으로 살펴보면 「공익공덕」은 10개, 「동정이웃사랑」은 18개, 「자립자영」은 5개, 「보은경로」는 6개, 마지막 「정직」은 3개의 미담으로 구성되어 있다. 「공익공덕」과 「동정이웃사랑」에 관한 에피소드가 상당수를 차지하고 있음을 알 수 있다.

각 파트별 미담의 주된 인물들을 직업별로 살펴보면, 먼저 「공익공덕」은 보통학교 교장(여성), 호농, 호농, 부호(여성), 부호(여성), 도평의원 등 주로 경제적으로나 사회적으로 높은 지위에 있는 사람들의 이야기가 주를 이루고 있다. 또한 「동정이웃사랑」은 면장, 동아부인상회주인(여성), 공의(公醫), 잡화상 점원, 청년회, 지주(여성), 농부, 부호, 금광채굴청부업자 등 여러 계층의 다양한 직업에 종사하는 사람들의 미담으로 구성되어 있다. 이외에도 「자립자영」부터 「정직」까지 청년단, 소작농, 지역 유력자, 심부름꾼, 약점 점원과 같은 개인 또는 단체의 미담들도 볼 수 있다.

그중에서도 눈에 띄는 것이 사회적으로 그리고 경제적으로 높은 지위에 있는 여성들의 등장이다. 「공익공덕」부터 「정직」까지 총 5명의 여성들을 볼 수 있는데, 김정혜(金貞惠), 백선행(白善行), 김인정(金仁貞), 김영식(金英植), 오재섭(吳在燮)이 바로 그들이다. 그중에서도 김정혜와 백선행은 출생년도와 사회활동 등을 비교적 자세히 알 수 있는데, 특히 백선행의 경우 1919년에 일어난 3·1운동의 영향을 받아 모든 재산을 여러 사회사업에 기부하게 되었고, 1927년에 조직된 항일여성단체인 근우회(槿友會) 평양지사의 활동에도 여러 가지로 편의를 제공하였다. 또한 당시 평양에서 일본인들의 공회당격인 평양 부민관보다 규모가 큰 민간 도서관을 겸한 공회당을 신축하는 등 여러 사회활동에 참가하였다. 미담집 본문의 백선행에 관한 내용만을 보면 마치 그녀의 활동이 '내선융화'에 기여하는 것으로 읽혀지기 쉽지만, 본문에 쓰이지 않은 다른 여러 사회활동을 살펴보면 그와는 상반되는 모습을 볼 수 있다.

이와 같은 맥락에서 다른 여성들의 활동을 살펴보면, 평양의 부호로 소개된 김인정의 경우 그녀의 자세한 이력은 알 수 없지만, 미담집에서는 공공사업에 많은 돈을 기부한 인물로만 부각시키고 있다. 그런데 김인정이 1931년에 평양에 김인정 도서관을 세웠을 당시의 「동아일보」의 지면에는 「김인정 도서관, 조선 도서관 운동의 봉화」라는 흥미로운 제목의 사설이 실려 있다. 그 내용은 대략 다음과 같다.

　一 평양에서는 건축 중이던 김인정 도서관이 낙성되어 지난 삼일에 개관식을 하였다. 김인정 여사는 과부다. 그는 비애로 찬 일생에 입립신구로 모은 재산의 거액을 떼어 평양시민을 위하여 도서관을 기증한 것이다. 이만한 도서관은 평양에서만이 아니라 전 조선 민간 도서관으로 가장 큰 도서관이다. 평양시민은 김인정 여사의 이 존귀한 기여에 대하여 영원히 감사할 의무가 있거니와 그 의무의 수행 중에 가장 중요한 것은 다시 돈을 모아 이 김인정 도서관을 완비하게 하는 것일 것이다.

김인정 여사가 고생하면서 모은 재산을 평양시민들을 위해 기부하여 도서관이 완공되었음을 알리면서, 그 은혜에 보답하는 의미에서 시민들이 다시 돈을 모아 도서관을 위해 기부해 줄 것을 호소하고 있다. 이어서 사설의 후반은 다음과 같은 내용으로 이루어져 있다.

　二 평양에 일찍 백선행 여사가 있어 공회당을 평양시민에 기여함으로 전 조선의 감사와 찬탄을 받았거니와 이제 김인정 여사를 더하여 더욱 평양의 큰 자랑거리가 되었다. (…중략…) 도서관은 문화보급에 있어서 학교와 병견할 정도로 중요한 곳이다. 김인정 여사의 이 애국적, 영웅적 사업이 반드시 전 조선의 재산가를 자극하여 도서관 건설운동이 각지에서 일어나기를 아니 바

랄 수 없다.

—「동아일보」 사설, 1931년 12월 07일

앞서 언급한 백선행의 공회당 건립과 더불어 이번 김인정의 민간 도서관 건립을 애국적이고 영웅적인 사업이라고 칭송하면서, 전국적으로 도서관 건설운동이 펼쳐지기를 기원하고 있다.

김영식 또한 그 내력을 자세히는 알 수 없으나 김영식이 자신의 환갑을 기념하여, 경성부 내의 걸식 아동들을 위해 2,000엔을 기부했다는 1933년 1월 14일자 「동아일보」에는 「궐식 동아를 위해 이천엔기부」라는 제목으로 미담집과 거의 동일한 내용의 기사가 실려 있다. 그중에서 특기할만한 것으로 김영식은 '부내 전 동아상회를 경영하던 최남씨의 모당'으로 '근검저축하여 오늘날 아들 최남의 성공을 얻게 한' 인물이었다는 것이다. 이 기사에 나오는 최남(崔楠)은 1920년에 기혼여성들만을 조합원으로 하여 결성된 동아부인상회(東亞婦人商會)가 1926년에 경영난에 빠지자, 이를 인수하여 1931년에 종로에 한국인 최초로 동아백화점을 세운 인물이다. 이러한 최남의 내용은 미담집 에서는 찾아볼 수 없고, 단지 김영식의 '모범적인' 기부활동만이 강조되고 있는 것이다.

마지막으로 '죽은 남편과 아이의 영혼을 달래기 위해 모든 소작농의 빚을 말소'했다는 여성 지주 오재섭의 에피소드도 1933년 1월 14일자 「중앙일보」에 「여지주의 독행, 채권 일체 포기, 채용 증서를 전부 불사르고 소작인의 궁상에 동정」이라는 제목의 기사가 실려 있음을 확인할 수 있다. 이와 같이 본 미담집에 실린 일부 내용들은 동시대의 「동아일보」나 「중앙일보」와 같은 한글 미디어를 통해서 조선인 독자들에게 알려져 있었다. 『조선인 독행미담집 I』은 이런 에피소드의 일부(혹은 전체)를 각색/편집하여, '내선융화'를 위해 일본어로 번역되어 조선인 지식인들과 일본인들에게 다시 소비되었던 것이다.

[영인] 篤行美談集 第一輯

여기서부터는 影印本을 인쇄한 부분으로 맨 뒷 페이지부터 보십시오.

警察署に届出た所それは鎭南浦府の「パスト」夫人の物だと云ふことがわか

り夫人から非常に喜ばれた上金拾圓の謝禮金を贈られた、感心な同君は之は

私すべき金ではない、こう云ふ金こそ雪の曠野に苦勞を重ねらるゝ皇軍の軍

人に贈るべきだと直ぐに憲兵隊を訪れて獻金し聞くものをして感激せしめ

た。

『兵隊さんは國の爲めに働いて一日やつと十五錢位の小使だから頂く譯にはまいりません』

『いや是非受取つて貫はねば氣がすまぬ』

と互に主張し合つて讓らず、お互に美くしい眞心を吐露した、やつとの事で五十錢を蔡氏に渡し得たとは感心な話ではないか。

三　指輪を拾ひお禮の金を

獻　金　す　る　青　年

平壌府山手町福島方

店　員　韓　致　斗　氏

韓氏は去る一月八日主家の庭先で白金の指輪壹個を拾得し正直に直ぐ平壌

一〇七

二　正直な小僧さんと
　　兵隊さんの美しい心

咸興府本町二丁目鈴木藥店

店　員　蔡　　奎　　應　氏

一〇六

昭和七年の歳末氣分もあはたゞしく金ときいたら「セツタ」の裏金にまで神經を尖らす頃。蔡氏は或朝店の戸を開けて何げなく外を見ると何やら人待顔に落ちてゐる、拾つて見ると兵隊さんの持つ貴重品なので、早速憲兵隊へ届出た、憲兵隊へ呼出された落し主はいつぞや落した三圓入りの虎の子がその儘這入つてゐるので驚喜した、そこで憲兵隊では十五錢程謝禮に上げたらと仲介役を買つて出たが、兵隊さんは義が堅く五十錢玉を摘み出した、所が蔡氏は一向受ける氣配なく

一 六拾餘圓の現金を拾つて主任の
手許へ出した正直な小使さん

咸興郵便局

小使　崔　　　　氏

人のものでも搔つ拂ふ世智辛い世の中に之は又聞くも嬉しい正直な話。昭
和八年一月七日午後の事である。崔氏は何時もの樣に局内の公衆溜りを掃除
してゴミを塵溜に捨てようとした時、汚れた封筒がまじつて居たのを見て手
に取つて見ると現金が入つて居るようなので、直に主任の許に差出し調べた
所現金五十圓と小切手十四圓八十錢が入つて居つた。落した主は市場の丸中
商店々員である事が判明しソツクリ落し主に還つた、其の正直さには何れも
皆感心して居る。

一〇五

正

直

内に非常な統制振りを示して勤勉努力他に見難い振興振りを示してゐる。従つて其の青年團も亦特に立派で四、五十名の團員一致し農村を背負つて起つに充分な純朴さを以て邁進してゐる、特に昭和七年十二月十八日には之等青年が率先し、六十歳以上のものに對して敬老會を催し此の時に會した者男子十五人、女子十三人の老人で和氣靄々裡に敬老の美しい心を發露し涙ぐましい程の青年の高らかな合唱などあつて盛況裡に散會した。

一〇四

事がなく昭和八年度は丁度其の十週忌に相當するので去る四月に故主の郷里たる山口縣に赴きその遺族に面會して懇ろに其のかみの厚恩を謝した上一月九日には京城府永樂町救世軍小隊に故人の縁故者及び友人等四十餘人を招待して盛大なる追弔會を催したのである。而も昨年は墓標を立てるなど何れも自力の出費で、斯くも十年の永き故主を忘れざる、聞くもの誰しも感激の涙を催さぬ者はない。

六　輝やく模範部落に
青年が率先して敬老の集ひ

咸　南　德　源　郡　縣　面

細　洞　里　青　年　團

細洞里は由來模範部落中の模範部落として名高く殊に最近一箇年たらずの

一〇三

年の美徳に天の報ゆる所であらうが徳に報ゆる人々の心も何と溫い事よ人情
紙のやうな今の世に。

一〇二

五 輝 や く 報 恩

内地人の故主を祭りて怠らざる事十年

京 城 府 舘 洞 一 六 七

金　炳　浩　氏

人情紙よりも薄き昨日今日、十年前の内地人故主人に對して今尙ほ其の恩
義を忘れず、追弔會を催したと云ふ話がある。

金氏は幼い時より京城本町二丁目萬年筆商榮光堂事上山松太郎氏方に雇は
れ働く內主人から尠なからぬ愛撫を受けたるを非常に恩に感じ主人が十年前
死亡してからは他に職を求めて働いて居る間にも一日として其の恩を忘れた

忠北堤川郡堤川面

洪　　在　　應　氏

同　地　有　力　者

洪氏は幼少の頃から藥種商を營み家運日を追ふて隆昌となり家族十人圓滿な家庭を作り公共心に强く土地の發展と各種の施設に對しては常に他に先じて多額の醵出をなし又困窮の人々を救ふのを樂しみとしてゐたので郷黨の信用厚く一部の人からは神の樣にも敬まはれ居たが。

人間萬事塞翁が馬で此の陰德の人にごうした事か近年に至つて事業悉く失敗に歸し年の瀨を控へて氏の內容は愈々苦境に陷つたのを聞込んで堤川の牛耳を握る人々は痛く同情し金東基氏外內地人二人の發起で洪氏の老後を救濟すべく同情金を募つて居るが內鮮同胞一樣に之に贊成して金品を贈る者多數にのぼり、**堤川に時ならぬ內鮮融和の花を咲かしめた、之も一つに洪氏の積**

一〇一

咸南高原郡雲谷面太乙里

金　文　煥　氏

氏は面内で中流の生活をして居るが慈善心深く面内多數の窮貧民が其の日
の生活に困り喰ふに食なく草根木皮を採取して辛ふじて餓死を免れつゝある
現狀を見て痛く同情し、昭和七年五月上旬滿洲粟五石と大豆五石を購入し最
も困難してゐる窮貧民四十九戸に之を分配し與へた。當時は春窮期で穀物全
く缺乏し極度の苦境に陷つて居た之等の窮民は漸く蘇生の思ひをなし金氏を
神の如く敬ひ感謝した。最近になつて是等救濟された人々寄集まり同部落に
金氏の記念碑を建設した。慈善と報恩聞くだけでも心持のよい話ではないか。

四　老翁の篤行と
　　之に報ゆる人々

慶北迎日郡滄洲面

安　鎬　鎭　氏

安氏はよく家業を勵み又心掛けのよい人で鄕黨から敬愛されてゐるが氏は數年前內地に出稼ぎ中或る內地人から深い恩惠を受けたので以前からの此の恩に報ゐようと考へてゐたが其の住所を忘れたので殘念に思つてゐる際皇軍出動部隊の勞苦に感激しせめては曩に內地人に受けた恩を此の皇軍に向つて果たそうと貧しい貯金の中から貳拾貳圓拾錢を出して慰問金として關東軍に送付方を慶北道廳に申出た。

三　部落の貧民に同情し
粟を無償で配給した
金氏のために感謝の碑

九九

念する爲めに皆で相談の上各自二十錢から八圓迄の金を出し合つて昭和七年末高敵邑內に感謝表象の記念碑を建て其の碑文に左の如く上世氏の善行を稱揚した。

碑　文

義俠其風　豁達其度
富以其仁　蓄以其施
渴者其飲　病者其蘇
衆口其頌　片石其表

二　內地人より受けた
　　報恩を皇軍に果す

一　內地人地主の德を稱へ
記念碑を建てた小作人

全北高敞郡星松面

呉　秉　其　氏

外　七　十　三　名

内鮮人を結ぶ花、輝やかしい報恩の實話がある。全北高敞内地人地主上世

熊吉氏は常に小作人を愛し小作人の憂は己れの憂へ とし以前より小作人に對

する德行は數ふるに違のない程であつた、從つて小作人一同は又上世氏を さ

ながら慈父の樣に敬慕して何事によらず上世氏にたより其の親密な有樣は内

鮮融和の花として前から郷黨のほめものであつた。

今囘呉秉其氏外七十三人の小作人等は此の上世氏の恩に報ひ永久に之を記

報恩、敬老

續き學校の放課後には一生懸命働いて家業を助けてゐる＝＝家貧しくして孝
子出づとは朝鮮でも內地でも實に千古變らぬ金言である。

九六

ゐるそれに對し他より移住せる者の内反對者があると其等に對しては絕對交際を絕ち又居住を拒むので結局自分が心得違ひであつたと詫びて三十錢貯金を共にすることになると云ふ麗はしい自力更生の效果が顯はれてゐる。

五 身は貧しくとも
心に錦を纒ふ孝子

慶南鎭海普通學校兒童

林　干　錫　さん

林さんの家は極めて貧困で學校の授業料さへ心のまゝにならず數箇月も滯つて仕舞つた、子供心にも家計を心配した林さんは誰にも教へられぬのに昭和六年冬休暇を利用して毎日山で薪を採り之を町へ運び出して賣り家計を助けた上滯納してゐた授業料の一端として金一圓を學校に提出した其の後も引

九五

[영인] 篤行美談集 第一輯　165

四　模範的な農村青年團

自力更生の實を擧ぐ

江原道楊口郡

楊　口　青　年　團

此の團體は勸農共濟組合の金を以て犢牛を買ひ之に仔を持たせそれを養ひ親牛は最も高い時に賣却し此の利益一頭に付き十圓乃至七、八圓を得て合計二百圓に達し之を以て先年水害の土地を買受け農閑期に各自が砂を拾つて堤防を築き遂に三十斗落の水田と爲し四十石の收穫を得て現在では一千圓以上の價値を有するに至つた。

然して一部に共同作業場を設け製繩又は鞋などを拵へ何れも勤勞を以て張り切れる樣な氣分で働いてゐる。　又毎月必ず三十錢の貯金を申合せ實行して

たのに刺戟されて見まね聞きまねの田の畔や畑のくろにせつせと桑を植ゑた

これが現在水田八、九町の面積に對して二十七町からの桑園を有し一陽來復

見渡す限り目に青葉の眺望が伸びて行く養蠶部落を象徴して餘すところなき

そもく〜の發端である。そして毎年多くの收益を上げてゐる、更に特記すべ

きは大正十一年同村の青年會員を中心として組織された六十五人の禁酒會員

が月五十錢の禁酒貯金を勵行し現在二千九百二十七圓の貯金を持つてゐる如

き又青年會が毎年附近の東拓所有の山林の下刈に從事して其の報勞金三百圓

を財産に積み立てるが如きこの外納稅組合、畜産組合、養蠶組合、少年會等

々の各種團體は昨年創設された共榮會の統制指導によつて一糸亂れず日榮、

日富、恒産あるものは恒心ありの古語にたがわず物心一如の和樂郷を形成し

或は敬老會に、牛の生飼に、又色服の獎勵にひたすら自力更生の大道を潤步

してゐると云ふことである。

九三

苦難のるつぼに描かれた人生感は強い堅い部落の指導的人物として將來を期待され温厚な性格は敬慕となり部落民の信用は愈々深くなつて行く鍾が鳴る……鍾が鳴る……黎明の鍾が、進め朗らかに農村の青年達。

三 自力更生の理想鄉

見渡す限り青葉の桑園

禁酒貯金貳千圓

咸南文川郡雲林面

仁興里住民（七十戸）

自力更生等の談議をよそにとうの昔から面長や素封家を指導者として實踐躬行し豊かな平和な理想鄉を造つてゐる話。以前餘り豊かでなかつた同部落では今から十五、六年前長野縣から來た東拓移民の夫婦者が養蠶で產をなし

に勝る「アーリベッチ」を畓に畦に道路に空地利用の範圍を絶對的ならしめ
た畓は反當收穫の增加に田は普通麥、大豆作より蔬菜にと心掛けた甘薯の苗
を育成して村民に配布し現在では部落に甘薯のない家は稀な程になつた。氏
の怜悧なる頭腦は家屋の設計に迄及び朝鮮式築造法を支那式に改め天井に物
置き土間の一部を埋藏庫とする等の改良を行つた、又共勵會に氏が姿を見せ
ない事なく諸種の講習會講演會に又出席せない事はない、一昨年金海郡進永
で蔬菜速成栽培講習會が開催せられた時であつた、雪が草鞋を埋めてゐた。

『學校の自轉車でごうだ』

『いゝえ步いて參りませう働くと思へば何でもありません』

汽車賃の持合せなくして四里の雪道を踏破した氏の硏究的態度である、昭和
七年六月道より選拔されて內地優良部落の視察後氏は共勵會の席上感激と興
奮を追想しながら涙を流して會員一同の奮起を促したのであつた。

九一

の様に郷愁の念に驅られた一家は飢ゆとも故郷の地にと再び原籍地に歸つて
來たのであつた。

　生來病弱の彼は農業の過勞を懸念して商業を志し轉々商家の門を叩いてゐ
たが昭和三年熊川面私立學校の敎師として薄給の中に家計を助けてゐた、其
後半歳病床に呻吟した氏が病院の陰鬱な空氣を通して味感した人生それは働
くことだつた、そして農業に生きやうと決心した。農業に轉身した氏は働い
た何もかも忘れて唯働くことしか考へなかつた、懸念した體は却つて健康に
なつて來た、勞働の神聖と農人の健康とを體驗した喜びは昭和五年四月南面
公普校の指導生に選定された事によつて愈々農事に對する信念を強くして行
くのだつた。指導生としての氏の活動は目覺ましかつた單一的農法から多角
的立體的農法へと邁進した上不眠不休の活動を續けた。村民は氏の着實と勤
勉に感じて喜んで小作地を提供してくれた自給肥料の增産的見地から紫雲英

九〇

慶南昌原郡上南面加音丁里

権　正　守　氏

數奇を極めた過去を清算して農に歸し勤勉努力農村の黎明に向つて力強い步みを續ける青年の話。權氏は赤貧洗ふやうな小作人の家庭に生れた、權氏が漸くにして普通學校を卒業した頃生活に窮した一家は悲慘にも多年住み馴れた故鄕を捨て萬里の異境吉林省に移住せなければならなかつた。

一家は狼のやうな馬賊匪賊になやまされ森林を開墾し明日への希望を祈念しつゝ力限り働いて行くのだつた、家業のかたはら志す所あり東光中學に入學し大正十五年無事卒業した。それは氏が十九歲の春であつた。

『先生馬賊の馬の口をとりながら過した日もあの時代にあつた』

と語つてゐる然しながら天は未だ惠まなかつた次々に襲つて來る不幸の爲に農業經營は意の如く行かず昨日の建設は今日明日と崩壊して行く現狀に今更

八九

ら其の範を示し朝は暗い内から夕は星を戴く迄粒々努力を重ねた又大正十四

年には私財を投じて鳳亭洞私立學術講習會を開設して入學不能學齡兒童に簡

易な普通教育を授け又勞働夜學を開催して青年や婦女子に諺文や算術を敎へ

昭和二年には養蠶組合を組織して之を獎勵し今では春秋に七十五枚の掃立て

を爲すに至らしめ、其後も引續き或は勸農共濟組合、農事改良實行組合、婦

人會などを起し農事の改良、副業の獎勵、生活の改善等に努め居洞をして大

體農村に必要な施設を完備せしめ道內優良の模範部落と化せしめた。權氏は

此の輝く樣な功績に對して朝鮮總督や新聞社等から幾度か表彰せられた。

二 涙のこぼれるような

農村勸勞美談

一輝やく

農村の聖者

權　中　善　氏

世は滔々として華美に、人は勞せずして利を得ることにのみ汲々とし肥料を荷ふやうな百姓等を顧みる人の尠い時權氏は此の浮薄な人々を腹で笑つて赤手空拳一歩々々大地に足跡を印するやうな確實な努力の結果立派な模範部落を作つた。　權氏は大正十三年私立大邱矯南學校を卒業するや得々として官吏に就職せんとする同窓生を尻目に農村立國を志し先づ内鮮農業先進地を視察して研究を積み歸郷するや疲弊困憊の極にある洞民の先頭に立つて更生の旗印雄々しく農村振興を叫び農事の改良、生活改善、副業の選擇實行など自

八七

[영인] 篤行美談集 第一輯　173

自
立
自
營

はつた勢か自己の使用人十一人の坑夫は越冬中失職し生計頗る困難なのを知つて之が救濟金として自己所有の鑛石時價約三百四十二圓を分與し越冬準備させた。之が爲め受救者十一人は全く安心して春を待つことが出來ると喜んでゐる。之を聞き傳へた部落民は人情紙の樣な今日誠に慈悲深い人だと尊敬してゐる。

八六

某債務者の弟は

『兄の債務は弟にも責任があるわけで自分の手でせめて半額なりとも支拂

ひたいから聞入れて下さい』

と歎願するなご聞くも嬉しい美談のかづ／＼が繰りひろげられたと云ふこと

である。

一八　結氷失業中の坑夫の生活を
憫み惠む金礦採掘請負者

咸南豐山郡天南面通里

李　贊　英　氏

李氏は日本礦業株式會社の金礦採掘を請負ひ經營してゐる人であるが結氷

期間中例年事業を休止のまゝ越年するを例としてゐた所が本年は不景氣の加

農村振興の根本は高利貪債の整理と小作權の安定にありとまで云はれてゐる折柄これは又珍らしく約三萬圓の債權を弊履の如く捨て債務者一同に自力更生を説いたと云ふ篤行者がある。

云ふ迄もなく右金氏が其篤行の主で金氏は昭和七年十一月末自宅へ郡内に散在する債務者百四十五人を招致して債權元利金三萬餘圓を今日限り放棄する旨を逃べ、各債務者より差入れてゐた借用證書を當人等にそれぐゝ返戾すると共に關係帳簿を債務者の目の前で全部燒却し更に

『目下農村の更生に官民擧つて運動してゐる折柄自分に對する債務は今日限り消滅した譯だから皆さんは今後何等の心配なく家業に勵み自力更生に努めて貰ひたいと同時に今後は絶對貪債をせぬ樣心掛けることが肝要である』

と懇々諭したので一同も感泣し何れも自力更生に猛進する旨を盟つたが中に

八四

羅州附近の細民で平素から生活に困つてゐた者が昭和七年春の農村春窮期に入つては全く喰ふに糧なく漸やく草根木皮で露命を繋いでゐたがそれさへ今は絶え勝となつて死を待つ者が多い様な哀れな有様になつたのを見るに見兼ねた鄭氏は白米四俵、粟十俵を之等の人に施與したので一部の者は漸く蘇生の思ひをし其德を稱へてゐる。

全 南 羅 州 邑

農 鄭 鳳 鎬 氏

一七 三萬圓の債權を弊履の如く捨て
債務者に自力更生を說く

慶北盈德郡丑山面

富豪 金 禎 澤 氏

八三

一六 飢民を救ふ

慈善の花

忠南唐津郡沔川面松鶴里

地主　吳　在　燮　さん

亡き夫と子供の靈を慰めるため、どん底生活に喘ぐ小作人の窮狀を同情し其の借金を全部棒引にした奇特な話。吳さんは豪農であるが三年前夫に死別し昨年又長男を失つて悲嘆にくれてゐた、昭和七年展墓のため故郷忠南瑞山郡海美面鷹坪里に歸つた際そこの小作人鄭德煥等二十三人を集め亡夫と子の弔に代へてと小作人に對する一切の貸金を棒引にすることを申渡し皆の前で契約書全部を燒き棄て元利金一千餘圓を棒引にした、この溫い心やりに小作人等は涙を流して喜び近在では奇特な話だと噂の種となつてゐる。

同じ年頃の妻女と共に貧困な生活をしてゐる、年老いて一定の職業もなく落葉を拾ふて賣り歩き僅かの收入で辛ふじて其の日の煙を立てゝゐた、之を見るに見兼ねて非常に同情したのが李氏である。

李氏は義俠心に富んだ男である、金夫婦の哀れな生活を見て放つては置かなかつた、昭和七年十二月の初め自分の持家が一軒空いたので早速右の夫婦を無家賃で此の家に入れた、老夫婦は李氏の義俠に涙を流して喜び神樣の樣に李氏を崇めてゐる。

一五　寄特な女地主さん
亡夫と子の靈を慰むる爲め
小作人全部の借金を棒引にす

八一

慶南河東郡河東面

李　源　宰　氏

河東地方は近年にない不作であつた、其の上米價が慘落して農民は非常な
慘狀に陷つて公課金の滯納や其他相當悲慘な哀話も少くなかつたが李氏は眞
から之れに同情して昭和七年五月籾五十石を郡當局に寄贈して救濟方を依賴
した。

一四　貧困な老夫婦に
　家を無料で貸す義俠の人

慶南馬山府石町

李　庭　讃　氏

慶尙南道昌原郡龜山面甘川里に金璟雲と云つて當年六十二歳になる老人が

一三　貧民の窮状に同情して

籾五十石を寄贈

慶南南海郡南海面

鄭　在　洪　氏

有り餘る財産の中からさへ仲々惠む人の尠い世の中に鄭氏は一介の勞働者で今は大阪に出稼ぎ飯場業に從事中の人であるが、其の貧しい中から汗と膏で貯へた實に貴い金百圓を昭和七年十月二十一日郷里の警察宛に窮民救濟費にとて送つて來た、警察は若しや間違ひではないかと一先づ大阪の警察署經由で返した所更に同月二十七日再び願書と一所に送つてきた。貧しい人は貧しい人の心を知る鄭氏等こそ一番深い窮民の同情者であろう。

七九

平壤府

富豪　李　麟　杰　氏

地主と小作人の見苦しい争ひは何時の世、何處の國にも絶えないのが例なのに李氏は常に小作人を子の如く愛し其の憂へを憂へとしたので小作人からは父の如く敬まはれてゐる、何と美しい話ではないか。

大正八年平南道の大凶作に當つて草根木皮も既に盡さ小作人等は全く文字通りの飢餓に墜ち入つた、此の時李氏は中和郡下の自分の小作人四十六戸に粟百石を惠み多くの家族を死地から救ひ出した、尚ほ其後も凶作の場合は小作人に食糧を貸與されるので一部では神の如く敬つてゐる。

一二　内地出稼の労働者
百圓を郷里の窮民に送る

一〇　農業基金や製繩機を
　　　　貧困者に贈つた地主さん

咸南洪原郡龍源面東溪里

金　　基　　國　氏

　金氏は地方の篤農家で相當の資産を持つてゐるので以前から貧困者を見れ
ば常に惠んでゐたが去る昭和七年十二月八日にも附近の貧困者八人に對し一
人には農業基金百圓を、他の七人には時價十五圓の製繩機一臺宛を與へ、貧
農に生活の道を講じてやつたので附近で賞讚の的となつてゐる。

二一　小作人を救ふ
　　　　高德の地主さん

七七

代金五圓を之等避難窮民に分配した。

九　旱害に泣く
窮民を救ふ

慶北達城郡達西面甘三洞

尹　延　道　氏

昭和七年夏の旱害に依つて達城郡地方では農家は非常に窮して居つた、殊に甘三洞小作人朴永煥外三十五戸は公課金の納付は勿論其の日の糧にも困つて實に悲惨な狀態となつた。それを見るに見兼ねた尹氏は三十六戸分の公課金二十四圓餘と賦役金十一圓餘を代納した上其の內の極貧者十一戸に一戸當り大麥二斗五升宛を分與した。

げて下さい御手數ながら御願申上げます』

箱の中には小餅が一ぱい入つて居り宿直員は驚いて早速其の少年を探したが

見當らず從つて何處の者とも判明しないが人情紙の如き今の世に之は又麗は

しい奇特な行爲として署員は賞讚してゐる。

八　避難民を救濟した
青年會の功績

咸北慶源郡阿山面

長坪青年會

此の青年會は會長朴氏以下一致協力從來からよく統制され公共事業に盡し

て來たが今囘又滿洲事變で間島、琿春地方から阿山面に避難して來た窮民に

同情し一同力を協せ家業の餘暇を利用して萩、柴などを採取してそれを賣り

つたりして劉氏の行ひが稱へられると共に忽ち二十三圓ばかりの金が警察を
經て贈られた。

七　無名の手紙に餅を添へ

貧者への贈り物

少年が大田署へ擔ぎ込む

屠蘇の香に酔ふ昭和八年正月二日大田警察署の玄關へ十四、五歳の朝鮮の
少年がチゲに小箱のやうなものを載せて持來り無言のまゝ何處へか立去つた
ので不審を抱いた宿直員が玄關へ出て見ると蜜柑箱大の箱の上に手紙らしき
ものが置いてあるので封を切つて見ると現金一圓と左の如き無名の手紙が添
へてあつた。

『明けましておめでたうございます僅かでございますが貧しい方々に差上

青年の暖かい同情が口火となつて窮乏した内地人家族が世間から同情救済された聞くも美しい話がある。京城府南米倉町居住某内地人は失職の為め窮乏し其の日の糧にも困つてゐた、當時劉氏は掛取りの爲めその内地人宅へ一度行つたが一向代金は支拂つて貰へなかつた、然し劉氏は支拂ひを迫るよりも其の家の子供が餓になき主婦が貧に苦しむ様を見て却つて同情し昭和七年十一月二十九日小供に五拾錢を與へようとした所主婦は堅く辭して之を受けなかつたので

　　『前の支拂代金は御心配にならなくつても自分が代つて拂つて置きます』と申殘して歸つた、然し尚不びんでたまらないが主婦がどうしても惠みを受けぬので劉氏は十二月八日金二圓に手紙を添へて義州通り警察官派出所に主婦に手渡方を依賴した。警察では早速主婦を呼出して其の金を交付した。此の事が一度新聞に出ると各方面から同情が集まり又某僧侶の説教の材料とな

七三

醫は仁術とは昔の事、世の中が進んでくると醫者も仁術ばかりでは立つて行けないと見え中には不德な醫者もあるとのことであるが、かやうな中にあつて安氏は獨り昔の聖者の言葉通り仁術を旨として以前から困る者には無料で診斷し尙ほ施藥までしてゐたが最近は更に自ら郡內を巡囘して細民の無料診斷を行ふ計りでなく昭和七年五月以來普通學校生徒等に無料點眼をなしてゐるが其の消費藥液量實に千六百瓦にも達したと云ふことで鄕黨では神の如く崇まはれてゐる。

六　溫かき朝鮮靑年の同情
窮乏の內地人家族を救ふ

京城府南米倉町一六〇　雜貨商藤井方

店　員　劉　　應　　五　氏

部の人々から一種の女傑と稱へられてゐたが今度又昭和八年一月十四日の還曆を記念する爲め、京城府内各公立普通學校缺食兒童救濟のため金二千圓を京城府に寄附する一方、同商會各地本支店を通じ純益金三割五分を店員一同に配當するに決定し内外共に女史の美擧を賞讃してゐる。

女史は二十二歳にして寡婦となり女の腕一つで當時二歳の長男を養育すると共に亡夫の遺產を管理し深く基督敎を信仰し、爾來二十八年今日の成功を築き上げたもので婦人界の龜鑑とせられてゐる。

五 醫 は 仁 術

神の如き公醫さん

全南光陽郡光陽面

公 醫 安 鶴 林 氏

七一

の奮起も之に基因したものである、寄附を受けた學校當局では

『世の中は末期ではない吾々にも知己がある』

と喜ばれ一般からは父兄の奮起は火を睹るよりも明かであると云はれてゐる。尙姜氏は稀に見る人格者で獨學力行の士である、涙で綴る苦鬪の過去を有する立志傳中の人。公共に盡す郡中第一人者として重きをなしてゐる人である。

四　缺食兒童救濟に
貳千圓を贈つた女傑

東亞婦人商會主　　京城府鍾路二丁目

金　　英　　植　　女史

金女史は從來から色々な社會事業に盡力し公共事業に出捐すること多く一

七〇

三　俸給の渡らぬ私立學校の
先生達へ五百圓を投げ出す

咸南 三 水 郡

面 長 姜 英 模 氏

あちらでは「ボーナス」何割こちらでは「インフレ」景氣と騷いで居るの
に、咸南の山奧では長らく先生に俸給の渡らぬ私立學校がある、其の先生等
の年の瀬を案じ大まい五百圓を投出して極秘密に俸給の一助にして貰ひたい
と、寄附された聞くだに感激された美談がある。

姜面長が其の篤行者で、咸南の山地帯では私立學校の經營難は言語に絶す
るものがあり中には長らく俸給の渡らぬ者があつた、それでも他念なく育英
に從事する教員等の神のやうな態度には寔に頭の下る樣なのが多かつた姜氏

192　만주사변과 식민지 조선의 전쟁동원 1

界が非常に不況で崔氏の村でも其の影響を受け面内百九十餘名の農民が租税
を納める事が出來ないと云ふ事を聞いて非常に同情し自發的に昭和七年度第
一期分五十六圓を代納して貧民を救濟した。

二 面長自ら租税を代納して

窮 民 を 救 ふ

全南順天郡雙巖面

面 長 申 喆 林 氏

云ふは易く行ふは難いのが人情であるのに申面長は常に公共事業に自ら其
の範を示して面民から全く父の樣に敬ぅはれてゐるが、今回更に疲弊した面
民中どうしても納め得ぬ戸税滯納者八百九十六戸分總金額四百七十五圓八十
八錢を自ら代納して面民から其の德を稱へられてゐる。

六八

一 租税を代納して 貧民を救済す

慶南咸安郡郡北面德岱里

崔　漢　翼　氏

人間に慾氣と色氣のないものはない況して小人が少々小金でも貯めると社會事業や公共事業にも金を出すことを惜しむ世の中であるのに崔氏の樣な人は又稀に見る奇篤な人である、崔氏は極めて貧困な農家に生れたが幼少の頃から仲々のしつかり者で人の遊んでゐる間にもせつせと働き續け今では一萬餘圓の資産を作り同地方では押しも押されもせぬ金持となつたが今でも昔とかはらず農業にいそしんでゐると共に決して高ぶらず、又公共的方面にも出金する事を惜しまず、貧民救濟の爲めにも少なからず盡力して來た、最近財

六七

同情、隣人愛

寄附して三箇所に橋を架け尙其他私立學校に總額約二萬圓も寄附するなど今の世には珍らしい人で鄕黨からは德の人として敬まはれてゐる。

其功報ひられて昭和六年には宮中觀菊會に召さるゝの光榮に浴した。

一〇 公盆の爲め

醵金を惜まない

忠南洪城郡洪東面孝寫里

崔　元　溥　氏

崔氏は自分の面に傳染病が發生しても之を收容する病舍がないので遺憾に思つてゐた、遂に昭和六年十一月金三百圓を面に寄附して避病舍を建築した

又面の小川に橋がなく住民は皆不便を感じて居たので自分から率先して寄附金を出し面民を動かして立派な橋を架けた。

六五

圓に達して居ると云ふことである。金のある人は益々金を愛しそれに執著するのが多いのに殊に女の身でよく金の活用法を知る女史の如きは尠ない。

九 輝やく公德心
觀菊會に召さる

平南大同郡南兄弟山面

道評議員　李　亨　植　氏

輝やくやうな公德心多年の善行報ひられて遂に宮中觀菊會に召された麗はしい話。李氏は性來非常に公德心に富み又善行が多かつた、其の一、二を擧げて見ると

シベリヤ出兵當時には恤兵金として金五百圓を陸軍省に獻金し又平壤私立彰德學校の經營に進んで一萬圓を寄附し、且面內橋梁の架設費用貳萬圓を

ふの情溢れ轉た人の世の情の溫かさを思はしむる切なるものがある、中にも平南鎭南浦の朝鮮の娼妓さん四十八人が協同して『私達も微力ではあるが援助の一員に加へて貰ひたい』と皆相談し合つた二十錢、三十錢を集め合計拾圓貳拾錢を昭和七年末警察に持參した。

八　多額の金を公共事業に
出　捐　し　た　金　女　史

平　壤　府

富豪　金　仁　貞女史

金女史は慈善心深く又公共事業に金を投ずることを吝まず、工費三萬五千圓を出して圖書館を建て是を一般に開放し其の維持費として時價六萬五千の土地を寄附した。　尙此の外にも金女史が社會事業に寄附した金額は約三萬

建築し又平壤府私立崇賢女學校は朝鮮の女生徒四百名あり相當整つた初等學校であつたが打續く財界不況に寄附尠なく財政困難なのを聞き其の補助として二萬八千圓に相當する土地を寄附して之を救つた等を始めとして昭和四年以來の大小寄附總額五、六萬圓に達してゐる、そして女史は『無一文から今日の資産を得たから財産の全部を適當な社會事業公共事業に寄附したい』と洩してゐるとは聞くも感激に堪へぬ話ではないか。

七　癩豫防協會に對する
各地よりの寄附　溫かき人心

曩に朝鮮に癩豫防協會の設立を見其の基金の寄附を求めらるゝや何れも自發的に全鮮各地より簇々と寄附せられ大は壹萬圓以上の大々のものより小は貧者の一燈を思はしむるが如き可憐なものに至るまで何れも人を憐み世を思

六 一代巨萬の富を得て
之を公共事業に用ゆる奇特な女傑

平　壤　府

富　豪　白　善　行　女史

白女史は貧家に生れ十六歳で今の家に嫁したが不幸にして十八歳の時夫に
死別して、大凡の者なら氣挫けて唯悲しむ計りであるのに、女史は爾來よく
身を守つて亡夫に貞節を盡すは勿論勇氣を揮ひ起して勤儉力行、粒々辛苦家
業に精勵した。一心は恐ろしいもので女の腕一本で昭和四年頃には約三十萬
圓の資産を作つた。更に女史の偉い所は此の金を私せず必要だと思ふ公共事
業社會事業にはどし〳〵出捐した事である。卽ち當時平壤舊市街には集會所
の無いのを遺憾に思ひ十三萬圓を寄附して建坪百二十坪二階建の石造洋館を

六一

五　私立夜學校

閉鎖の運命から救はる

慶南、馬山府俵町九六

豪　農　金　秉　煥　氏

六〇

馬山府月影洞勞働夜學校は創立以來實に十有餘年の歷史と貧困兒童唯一の教育機關として多大の功績を殘して來たが哀しい哉最近の財界不況の餘波を受けて一般有志の寄附殆どなくなり昭和七年三月にはどうしても閉鎖の已むなき狀態となつた。之を聞き傳へた金氏は直ぐに毎月二十圓宛の寄附を申出で其の後無事に學校を繼續せしめてゐる、之ばかりでなく金氏は是まで屢々貧困者の救濟公共事業の出捐等をして郷黨の信望極めて厚き人である。

議中との事である。

四　貧困兒教育機關

新興學院を救ふ

平　壤　府

李　　鍾　　用　氏

氏は左まで家計豐かではないが公德心極めて強く殊に貧困兒教育に就ては以前から多大の研究と義捐とを惜しまなかつた、丁度數年前から平壤に於ける貧民兒童教育機關である新興學院が經營困難で困つてゐる事を知り陰になり陽になつて之を助けて來たが昨年遂に意を決して自己所有の土地家屋の大部分（時價約一萬五千圓）を同校に寄附し其の繼續を計つた。

五九

一月末水原郡廳に申出た、郡では各方面と協議快諾し知事に報告すると共に
農學校を水原に設立すべく諸準備に取掛かり又感激せる一般部民は建設期成
會を組織し實現に努むる事となつた。

三 教育援助費に
金壹千圓の寄附

咸北清津府新岩洞

金　裕　楨　氏

金が出來れば出來る程益々出し吝み公共寄附を依賴されても面を向けぬ者
の多いのに同氏は昭和七年十二月十八日自ら進んで金一千圓を北靑公立普通
學校敎育援助費として同校に寄附した、そこで同校父兄會では氏の奇特なこ
の擧に感じ右寄附金を基礎として永久に記念となるべき諸設備をする樣に協

今やなし、悲しい哉、然れども名は永久に竹帛に垂れ得ん。

二　郷黨子弟教育のため
金　拾　萬　圓　の　寄　附

京畿道水原郡陰德面新外里七五

豪　農　朴　昌　遠　氏

富豪は往々にして却て金の爲めに名を汚す者の尠なからぬ世に之は又珍らしき美談である。朴氏は常に公共事業に意を用ひ普通學校、消防組等を始め其他始終郷黨の爲めに盡してゐるので同地方では德の人として深く拜崇されてゐるが、氏は水原郡内に中等學校がなく一部子弟は多額の經費で汽車通學をし京城に學び、普通學校卒業生の多くが止むを得ず家に止まり遊んで居る事を痛く惜しみ、水原に實業學校創設費として金十萬圓の寄附を昭和七年十

五七

年八月には私財を投じて貞和女學校を創設自ら校長となり兒童の訓陶に一身を捧げ拮据孜々として倦む所を知らず、尚ほ大正七年には同校の組織を改めて女子普通學校とし同校維特のため巨額の私費を出捐して財團法人となし愈々經營の基礎を固くし爾來校長として勤續今日に及んだ。其間卒業生の指導や一般社會事業に盡す所著しく朝鮮總督府を始め宮内省等から其の篤行を賞せらるゝこと數囘に及び其の功益々顯著なる旨　天聽に達し昭和三年十一月十日を以て勳六等に敍せられ瑞寶章を賜つた、又故なきにあらずと云はねばならぬ。

女史は元來資性溫厚篤實で子弟を敎ゆるには諄々として倦むことなく又鄕人に接するには常に赤誠を披瀝して語る、隱れたる善行美德は數ふるに遑なき程である、然かも生計頗る簡素、勤儉を旨とし餘財あれば之を敎育又は社會事業に投ずるを樂しみとせられたので人皆慈母の如く敬ひ親しんでゐた、

五六

一一世の師表育英界の
女傑墜つ……嗚呼哀しい哉

京城貞和女子普通學校

校　長　金　貞　蕙　女史

朝鮮女子教育界の第一人者金貞蕙女史は其の六十五年の一生を文字通り女子育英の偉業に捧げ昭和七年十二月十六日眠るが如く其の光輝ある一生を畢られた。官邊と云はず民間と云はず輝くやうな贅辭に包まれ、一世の師表ぞと仰がれて逝く、人間の本懷、女史亦瞑すべきではあるまいか。

女史は不幸十六歳にして其の夫を失ひ以來舅姑に事へて孝養を怠らず常に郷黨の範となり、年三十九にして既に時代を洞察するの炯眼を備へ特に女子教育の喫緊なるを痛感し私立松桂學堂を設立して之を管理し次で明治四十三

五五

公益、公德

『御苦勞を掛けました』

と謝辭を呈する麗はしさと之に答へた指揮官が擧手の禮をなしたま丶汽車が

動き出した場面には邊りの者感激の涙を押し拭つた。

五三

何かと盡力した而し後藤も右の様な高氏の家庭の狀況上寄食するに忍びず、四日間同居の上附近の鮮人旅館に轉宿した、所が高氏は更に其の鮮人旅館の宿泊料迄支拂ひ色々慰めたので後藤は其の溫情に感泣してゐる。

一五 感 激!!
凱 旋 兵 を 犒 ふ

慶北金泉旭町

牛皮商　金　泉　振　氏

金氏は在滿派遣軍の勞苦を感謝して金泉驛の軍隊通過時には必ず送迎してゐたが昭和七年十二月三十一日の身も氷る様な寒い午前四時四十分第○師團の歸還部隊が同驛通過の際、野砲兵第○○隊の輸送指揮官に感謝の辭を捧げ車中の慰勞にとて名も告げず金二十圓を提出した、同氏が心から

一四　零落せる内地人知己を
自宅に引取つて優遇す

慶南鎭海警察署勤務

高　等　喚　氏

高氏は巡査を奉職し其の勤務確實親切で成績良好な人であるが、昭和七年十月末公用で馬山へ行く途中偶然嘗て高氏が大分縣に在りし少年時代の知己である元小學校訓導後藤某に遇つた。　所が後藤は昭和七年訓導を辭職渡鮮後非常に零落して各所を流浪し今は饅頭賣をして漸やく其の日の糊口を凌いでゐる事を聞き痛く同情し自分の住所を告げ來訪を勸めた。

其後後藤は高氏を鎭海の家に訪問したので高氏は自分の家が家族多く其の上家狭く生活亦豐かでない中も厭はず後藤を親切に努はつて自宅に宿泊させ

五一

三月二十日滿洲の軍人さんに贈つて貰ひたいとそれを校長先生の許へ差出したと。

一三 軍用鳩を届出た

純朴な老女

慶南昌原郡鎭海邑行岩里

農 李 順 伊 さん

利のない所顔も向けない人の多い此の世に李さんは昭和七年八月二十一日自宅附近で人馴れた鳩を捕へた、見ると足に金輪があるので聞き傳へてゐた軍用鳩だと考へ大切に之を飼ひ翌二十二日忙しい家業を休み五十二歳と云ふ年老ひた體にも拘はらず二里餘の道を遠しとせず態々鎭海憲兵隊へ届出た、調べた結果鎭海防備隊の鳩だと云ふことがわかつて非常に喜ばれた。

一三　放課後松葉を拾ひそれを賣つた
金を出動軍人に送る學童

慶南昌原郡内西面斗尺里

金　二　萬　さん

　金さんの純情には恐らく出征の將士も泣くであろう、金さんは普通學校の四年生であるが其家庭は家族多く赤貧洗ふような農家で學資にすら窮する樣な狀態である、然し其の心は其の純情は聖者も及ばぬものがある。金さんは皇軍の出動を先生から聞いて何とかして之を慰めたいと思つてゐたが右の樣な家庭でどうすることも出來ない、そこで考へたあげく昭和七年三月初旬頃から寒い日にも風の日にも毎日學校の放課後附近の山林から落松葉を拾ひ集め夕刻からそれを馬山迄賣りに出て二錢三錢と貯へ遂に二十錢になつたので

四九

二 栗を拾ひ、ハンカチを作製して
出動將士に贈る美しい心

黄 海 道 金 川 郡 助 浦

公立普通學校生徒一同

四八

先生から滿洲出動軍人の話を聞いて何か送つて慰めたい、それが國民の義
務であると考へた一同の兒童達は皆で相談の上家へ迷惑を掛けぬため昭和七
年十二月二十八日男生徒は栗拾ひをなし二斗五升ばかり集め之れを一圓九十
錢に賣り、女生徒は家から材料を持寄つてハンカチ六打を作り之に慰問狀十
通を添へて滿洲出動軍人に贈るように愛國婦人會に送付した。

大邱高等女學校五年生

金　英　學　さん

李　慶　媛　さん

朴　鳳　香　さん

朴　分　祚　さん

尹　德　珠　さん

安　錄　珠　さん

金さん等六人は雪の曠野に重大使命を果してゐる在滿皇軍將兵の勞苦に感激、その慰問を思立ち皆相談の上六人で日用雜貨品を大邱府内で行商して一圓五錢を儲け、昭和七年十二月十七日軍部へ提出したのには聞く者皆感激した。

四七

慶北大邱府中央通

鄭　道　均　氏

満洲國の建設は東洋平和の基礎である早く健實な國家が出來上り基礎が固まればよいがとは何人も祈る所である。鄭氏は昭和七年四月新興滿洲國建設について財政が困窮の狀況にありとの新聞記事を見て刺載せられ之を援助するは吾々の義務であると云つて金五十圓を大邱憲兵隊に送金方を申出てた、又之と同時に滿洲にある日本軍隊の勞苦に感激して慰問品として林檎二十箱を關東軍司令官宛に送付した。

一〇　日用雑貨を行商して

恤兵する高女生

慶南釜山府草梁町

金　成　根　さん

金さんは釜山普通學校二年生で學校でも眞面目な可憐な少年である。昭和六年四月の或る日學校から歸り途で現金一圓十六錢入りの財布一個を拾つたので直ぐに警察官派出所に屆出でた、其後紛失者が判明せぬので昭和七年四月に警察署から下げ渡しの通知があつたが、金さんはどこ迄も正直で假へ紛失者が判らぬからと云つて自分に貰つて無駄に遣ふてはならぬと早速警察署へ出頭し『滿洲で負傷し又は病氣で入院してゐる兵隊さんの慰問金にして下さい』と更めて提出した何んと美しい心ではないか。

九　出動軍隊の慰問と
滿洲國の建設に資金を送る

四五

慰問狀に金二十圓を添へて朝鮮軍司令部愛國部へ送つて來た。

私は陸軍の一小山林監視人として國恩を厚く蒙り二十年を一日の如く過す
ことが出來ましたのは一に　天皇陛下の鴻恩に依るものと恐懼感激に堪へ
ません不幸にして滿洲事變發生するや　天皇陛下にはいたく御軫念あらせ
られし事は寔に恐れ多い極みであります。　我軍人が奮戰力闘連戰連勝の報
を聞いて欣喜に堪へません。

壯烈な戰死を遂げられた我軍人に對して感泣して居る次第であります、此
の金は些少でありますが傷病兵の慰問竝戰死者遺族の弔慰金に御加へ下さ
います樣御願致します。

八　拾つたお金を警察から貰つて

直ぐに傷病兵の慰問金へ

私は帝國臣民として皆樣方が御活動なされるを坐視するに忍びず、然かも帝國臣民たる以上これを目過するは實に鳥獸にもおとることであります、（中略）私は誰に注意を受けたのでは有りません、自發的に捧げます、どうかこの金を滿洲の兵隊に何か買つて上げて下さい。（下略）

七　鴻恩に感激して
慰問金弔慰金を送る

慶南昌原郡龜山面禮谷里

姜　洞　祐　氏

姜氏は馬山にある陸軍經理部派出所の傭人で山林監視を勤めてゐるが平素から國家を念ふ心に厚く滿洲事變が發生してからは一層國恩に感激し壯烈な戰死者遺族の弔慰と氣の毒な戰傷者慰問の爲め昭和七年二月の或日次の樣な

四三

の學校長さんを訪問して皇軍慰問金として送付方の手續を依頼した。

六　貧者の一燈純朴の農民
出動兵士に金一封を送る

咸南　洪原郡　雲浦面
孫　與　元　氏

孫氏は其身一介の貧乏な農民でありながら心は實に王者も及ばぬ尊い人で滿洲の兵隊さん達の勇敢と勞苦に感激して昭和七年十一月貧しい中から金一封を捻出、次の様な感心な手紙と共に憲兵隊の手を經て滿洲の兵士に送つた。

私は一寒村に働く百姓です昨年秋以來帝國軍人各官に於て大いに奮闘なされたる結果今やわれ等も安心して居ります、喜びに堪へません、（中略）

と面吏員に申出で感動せしめた。

五　長い道を車に乗らず
旅費を節約して慰問金へ

慶北尚州郡年東面新川里

張　良　出　氏

張氏は農業を營んでゐて生活は裕福ではないが國を念ふ心は何人にも劣らない立派な人である。　豫て自分の村の學校の先生から滿洲にある日本軍隊が決死的の活動をしてゐることを聞いて感動してゐた。　昭和七年十二月一日私用の爲め大邱へ旅行した途中豫て先生の話を思ひ出し兵隊さんが此の寒いのに滿洲で活動してゐるのに自分だけが車に乗つて旅行するのは贅澤だ、よし歩いてやろうと決心した、そして往復に節約したお金が十圓、張氏は早速面

四一

四　自分達は軒下に寝ても軍人を
　　我家に宿めて呉れと申出でる

忠南燕岐郡鳥致院邑

洪　鐘　根　氏

家が貧乏でも國に盡す心にかはりはない、洪氏は家が貧しく温突二間を借
家し勞働に従事して僅かに其の日の煙を立てゝゐる青年であるが昭和七年十
月第二十師團の部隊が秋季演習の爲洪氏の部落に宿營した事がある、其の際
面の吏員は洪氏の家の事も心配して宿舍の割當てを差控へたところが洪氏は
非常に之を嘆き
『私達は一晩や二晩軒下に寝ても何も苦痛と致しませぬから演習で疲れて
ゐる軍人さんを我が家に宿めて下さい』

す。わが松岡代表の聯盟總會での演説の通り日本は一時聯盟の反對を受け
るも「ナザレのクリスト」の如く何時かは感謝を受ける時が來るでせう。
日鮮兩族は狹き國土より廣き荒蕪地へ出て合理的に自由開拓し天與の活路
を求めんとする以外に何も目的がない筈です、われ等も此の意味に於てわが聯
盟の動靜を汗を握つて見て居ります、御祖母樣益々御身御大切にしてわが
代表の正々堂々たる凱旋の日を萬歳を叫びながらお迎へ致しませう。

さようなら

昭和七年十二月

朝鮮會寧邑
小生 李 容 碩 謹

三九

七圓九十錢迄李氏の方で拂つて之を受けた松岡全權の姉君をして母は日本一の幸福者になりましたと感激せしめたのも故なきにあらずである。

松岡ユウ樣

拜啓先月二十八日大阪毎日新聞で御祖母樣の御寫眞とその記事を見ました、八十八歳の御老體で毎日朝十時身を清め七、八町も離れたところへ行き我子の大任成就を祈願するその眞心はこれ全く東方帝國の興敗と八千萬同胞の死活問題を双肩に負ひ心身を忘れ晝夜活躍する我代表の御母樣であることが何人にも直感されるものであります。私は早速其の寫眞と記事を七十五歳になる私の母にも見せて感動の汗と感激の涙を禁じ得なかつたのであります。御祖母樣の御健康の萬分ノ一のためにもなる何かのものを送りたいと考へました結果北鮮名産果實「ツルチユツク」の滋養飲料一箱を鐵道便にて送呈致します。貴著の上は恐縮なれども御快納御飲用願上げま

念、奉仕的精神の旺盛なのには痛く郷黨を感激せしめた。

三　松岡全權の母堂へ
靈藥を贈る

咸北會寧邑
李　容　碩　氏

兎角口先ばかり多くて實行の之に伴はぬものゝ多い世に、見ず知らずの松
岡全權母堂の行爲に感じて態々靈藥を贈る李氏の行爲の如きは寔に世の龜鑑
と云はねばなるまい。氏は新聞紙上で松岡全權母堂が老軀を厭はず毎日自宅
から數町離れた鎭守樣に我子の大任成就を祈願してゐると云ふ事を知り痛く
感激し昭和七年末北鮮の名產白頭山の高山果實から取つた不老長壽の靈藥
「ツルチユツク」二打に次の樣な眞心をこめた手紙を附けて送つた―運賃金

三七

に多大の感動を與へた。

二　深く喪を秘して
公務に従事す

全南光州郡池漢面

金　容　鳳　氏

金氏は同地の消防組頭として率先公共事業に盡し殊に責任観念の極めて強い人であつた。此の地方では親族に死者があれば服喪と稱し一般の公務に出ないのを習慣としてゐた、丁度金氏は最近親族に死亡者があつて一月四日消防出初式には服喪と云へば出場する必要はないのであるが平素から責任観念の強い氏は消防組員の士氣の沮喪するのを痛く心配し自家の喪を堅く秘して出初式に出場活動し其の終了と共に夫れを告げて喪に服した、其の責任観

一 進んで青訓に入所
成績がよくて査閲官から賞詞

慶南昌原郡鎮海邑

鄭　点　龍　氏

外　七　名

鄭君外七名は何れも十七歳から二十歳までの元氣で眞面目な青年で目下鎮海要港部工作部に見習職工として勤めてゐるが、

『近代青年は青訓に入所して身心を鍛錬しなければならない』

と云つて昭和七年四月自ら進んで鎮海青年訓練所に入所して内地人の生徒と同様に熱心に訓練を受けて居るが、其の成績は極めて良く昭和七年度の査閲の際に査閲官から衆の模範とするに足るべきものとして賞揚せられ一般の人

三五

誠

心

十一月十八日輯安縣楡樹林子有力者十四名を買收し匪賊歸順委員會を組織せしめ遂に同縣內に蟠居してゐた匪賊約千五百名の內部瓦解の素因を與へた。

局を占據し之を監視すると共に、積極的に其の局の電話を以て附近や奧地の匪賊情報の蒐集に努めてゐた、午後三時頃に至るや突如大刀會匪約百五十名大刀を横へ槍を翳して襲撃して來た、朴憲兵補少しも騒がず静かに銃を執つて同局庭に走り出て一本の植樹の根元に伏せて射撃を開始し五百米突ばかり隔てた本隊と呼應して苦戰二時間、完全に同局を固守し其の入口に高く翻つた日章旗を守つた。本隊では此の戰鬪で朴憲兵補は既に戰死したものと思ひ退却する敵を追撃しながら朴憲兵補の屍體を收容する爲め馳付けると勇敢に單身其の任務を遂行してゐるので抱合つて天佑に感泣した。

一、六月二十五日より同二十七日迄三日間黑岩警備隊に随伴奧地匪賊掃蕩の際は尖兵に加はり常に前方の賊狀を内偵し又十數名の密偵を巧みに操縦して的確な情報を集めて報告し三回の戰鬪に於て容易に敵匪を擊退するの素因を作つた。

三三

監督憲兵補　朴　萬　秀　氏

三二

朴憲兵補は以前より永く其の職務に從事して終始一貫其の質實機敏な勤務振りは上司や同僚も深く敬服する程であつた、殊に其の崇高圓滿な人格は附近の人心を集めて土地の人々や對岸支那側の官民に迄篤く敬慕されてゐた。

昭和七年六月匪賊討伐の爲め皇軍對岸輯安縣に出動するや朴憲兵補も選ばれて之に隨伴し以來今日に至る迄各方面に轉戰し目覺ましい殊動を樹てゝゐる、其の重なものばかりでも次の如く多いのである。

一、六月七日午前一時將校斥候島津小隊に隨伴對岸輯安縣牌掛子に越境支那側水上公安隊の武裝解除をなすに當り暗夜に加へて未知の道路なるに拘らず勇敢にも自ら進んで先頭に立つて活動し通譯と先導の大任を果した。

一、六月七日午前三時單獨にて本隊から五百米突ばかりも離れた外岔溝電話

の任務に當つてゐた朝鮮の青年同胞二十餘人も潔く敵の中に斬り入つて愛國の花と散つた美談が後になつて判明した。即ち同部隊は曩に朝鮮の人の失業救濟の意味から優秀なる青年百餘人を輸送任務に當らしめてゐたが川崎部隊全滅の當日之等青年の内二十餘人が折柄の輸送任務に當つてゐる際、同部隊と共に敵の包圍に陷つた、そこで之等二十餘人の青年は

『吾等も亦　陛下の赤子である』

と絶叫しながら劍を揮つて勇敢にも群がる敵中に躍り入つて二十餘人一人殘らず愛國の花と散つた。

五　勇敢に匪賊と
戰ふ憲兵補

三一

られて雪崩を打つて蔡憲兵補等の死守する東門方面に敗走して來たので蔡憲兵補は殘れる警備團員を指揮して射撃を開始したが警備團は一溜りもなく潰走した。そこで蔡憲兵補は單身之れに應戰克く敵を撃退東門を死守したが午前五時五十分に至り遂に胸部腹部に敵彈を受けて悲壯な戰死を遂げた敦化に散つた一輪の花として人皆其の壯烈の死をいたんだ。

四　吾等も　陛下の赤子よと
　　朝鮮青年二十餘名勇敢に
　　敵の眞つ唯中に斬つて入る

昭和七年十一月北滿洲に於て匪賊討伐中の我が川崎部隊七十八名の全滅が傳へられ全國に大モンセーションを捲き起したが其の川崎部隊全滅の際輪送

三〇

から勤勉な同君は同地内鮮人間を奔走して克く確實な情報を集め派遣部隊に重く用ひられてゐた。

昭和七年二月反將王德林軍は五百の兵力を以て敦化襲撃を企てた、此の報を早くも探知した蔡憲兵補は之を上司に報告したので我軍は一層警戒を嚴にした、二月十九日に至り敵は二十日午前二時から敦化を襲撃するとの情報に接し我軍は警急配備に就いた。　蔡憲兵補は百餘名の支那側警備團員を指揮して敦化城東門の警備を命ぜられてゐた、二十日午前三時半南方城外に銃聲を聞くや支那側警備團員は恐怖して動搖を來たし動もすれば逃走せんとするので蔡憲兵補は之れを阻止大聲叱咤して之を勵まし縦横に警備隊の間を奔走したが哀しい哉訓練のない支那側警備團員は銃聲愈々盛んとなるや逃走者續出し又之を阻止すべくもなかつた。

折柄南門から城内に侵入した匪賊の本軍は我が軍の主力と衝突忽ち撃退せ

二九

一、九月十四日には避難民收容地區北側家屋に敵兵が襲撃して來て避難民に危害を加へようとするので農會家屋北側一帶の放火を決心し自衛團一同は決死、敵の潜伏する家屋に突入放火し效を奏したが折柄吹きまくる北風に火勢猛烈となり餘炎は反つて民會方面に延びんとするので一同色を失ひ數十名出でゝ大活動漸く農會北側で喰止め得た。

（別項に記載した青年三勇士の勇敢なる活動も此の籠城の際の事である）

三　警備團を指揮して敵匪と戰ひ

壯烈な戰死を遂げた憲兵補

一等憲兵補　蔡　達　默　氏

京城憲兵分隊（敦化派遣）

蔡憲兵補は滿洲國吉林省敦化に派遣せられ同地の警備に任じて居た、平素

　만주사변과 식민지 조선의 전쟁동원 1

腹を抱へながら勇敢に突進し完全に之を破壊した。

一、九月十二日には敵は大南門外民家の壁に銃眼を作り盛んに我が兵營西南角東南角砲臺を狙撃し危險極まりなき狀態なので、柳世佑氏、金文漢氏等先頭に立ち八名の勇士一團となつて石油新聞紙を持つて城壁を乘り越え勇敢にも喊聲を擧げ之に突入放火して歸つた。

一、九月十三日には兵營西北角砲臺に危害を及ぼす前面民家に放火を依賴され、安昌廈氏、張錫奎氏指揮の下に十二名一團となつて突入前項と同樣放火して歸つた。

一、九月十四日には兵營東面城壁外同德興精米所は兵匪の據點となり同所よりの狙擊に我が守備兵一名斃されたのに憤慨し之に放火すべく決死の十一名突入放火したが一囘は不成功、第二囘は一部燒却、第三囘目に漸やく其の目的を達した。

二七

よりの砲撃關係を考慮して九月十日夜暗に乘じ兵營に入り爾來協同動作を取つてゐたが十一日署内殘留品の運搬を依頼せられ、時既に兵匪に占領せられてゐるにも拘はらず、金日淸氏外五名の靑年は勇敢にも分署に進撃し金日淸氏の勇敢機敏なる活動により見張中の匪賊一名を射殺し署内にあつた各種の物品を分署所有の自動車に積み往復すること三囘自動車に肉迫する匪賊に對し右手に拳銃を以て敵を撃ち左手に『ハンドル』を握つて自動車を運轉し自動車も安全地帶に運び出した。

一、九月十日には兵營西南角砲臺からの射擊障害物である前面の板塀及道路樹取除き方を軍隊から依頼せられ、安昌厦氏先頭に立ち五名を引率敵彈を浴びながら悠々二時間に亙つて作業し完全に目的を達した。

一、九月十一日には兵營西北角砲臺の射擊障害物である民會前面向側の高き墻壁破壞の依頼を受け、自衞團長張錫奎氏外八名徒手しかも十日以來の空

敵對する武器がない、それに避難民の集合した地域の北方約三百米突は不
完全な墻壁木柵だけで敵襲を阻止する何等の障碍物なく僅かに兵營上より
射撃の援護を受けるばかりで二千三百餘名の生命は將に風前の燈火であつ
た、そこで何とかして直接防備をせねばならぬと云ふので漸く七挺の拳銃
のあるのを幸ひに在來の民會檢察員を基幹として之に勇敢な青年數名を加
へ十四名（張錫奎、柳世佑、金成芝、朴京學、金日清、金成七、南華一、
崔有俊、李泰俊、金允洛、金萬河、秋鍾熙、嚴泰山、朴春山の各氏）の自
警團を組織し、張錫奎氏を長として七名宛拳銃を持つて此の地區の防衞に
當り晝夜を分たず決死の覺悟を持つて守備に當つたため九月十二日夜敵が
決死の夜襲を行つた際も最も近接容易な此の地點を避け却つて難攻の兵營
前面を選んだのは全く自衞團の決死の覺悟に恐れをなしたに違ひない。

一、警察隊は最初城外警察分署で對敵行動を取つてゐたが兵力の分散と兵營

二五

分配せられて餓を凌ぎ何れも早晩全滅と覺悟するの外はなかつた、でもお互にしつかり手を握り合つて幼を助け老を勞はり互に食を讓り合ふなご涙ぐましい情景であつた。丁度九月十四、十五日には前の樣にして運んで來た穀物の中に白米が少しあつたので早速飯にたいて籠城以來始めての白飯にありつき皆敵の重圍の中にある事も打ち忘れ八月節句の此の良き日に天の賜物と喜び合つたと云ふことであつた。

斯樣な死生の間にあつてよく我が朝鮮の人々が內鮮同胞の爲めに一身を犠牲にして極めて寡少の守備隊を助け色々な方面に目覺ましい働きをして遂に克く此の危難を切拔け多數の人命を救つたのは千古尙ほ消えぬ功績で實に鬼神をも泣かしむるものがある其の事實は次の如くである。

一、事件突發と同時に何れも民會事務所を中心に避難して來たが皆な赤手空拳の者ばかりで暴威を逞しうする兵匪に對し悔しくて齒がみをして見ても

敵は大軍味方は少數、おまけに鐵道と電信は完全に破壊されたので外部との
連絡は全く絶えた。九月十日朝匪賊は前の日から大擧城内に殺到して詐稱し
て入城して居た支那兵と呼應して赤旗を打振りながら俸給受取りの爲めと詐稱し
ち磐石縣城は敵に占領せられ賊は各所で掠奪、暴行、虐殺等暴虐の限りを盡
くし其の慘狀は目も當てられぬ程であつた、當時竝に其の前後の被害調査に
よると朝鮮の人の死者百八十一名貟傷者二十名となつて居るのを見ても如何
に甚だしい慘狀であつたかと云ふことが想像される。

守備隊と警察隊とは漸やく城内の一角にある日本兵營を死守し此處に避難
民全部を收容した、こんな風で一步も外に出ることが出來ぬので食物に窮し
一部の者の持つてゐた穀類をかき集めて粥を炊き小兒、老人に分配して一時
の飢を凌き又決死隊を組織して兵營から援護射擊の下に飛出して附近滿洲人
の家屋から食物を運んで、都合のよい時で漸く一日三囘、三個宛位の握飯が

二三

つたのである、更に高氏は朝鮮總督府に招致されて一世の身の面目をほどこ

し新聞紙上では之を三勇士と賞め稱へた。

二 輝やく軍國の花

小數の我軍を援け勇敢に戰つて兵匪を擊退

吉林省磐石縣城籠城美談

昭和七年の秋人の脊よりも高い高粱が見渡す限りの大滿洲を埋め盡す頃之

に付きもの丶匪賊は至る所に跳梁して內鮮同胞や滿洲良民を虐げること鬼畜

の如くであつた、丁度九月の中ば頃吉林省磐石縣城も亦他の所と同じように

約七百の匪賊に包圍されて仕舞つた。

當時城內には日本守備隊相澤中尉以下〇〇名と近廣警部補以下十四名の一

團を以て避難して來た內鮮同胞約二千三百餘名を保護籠城したのであった、

三二

く々々打振った所飛行機も亦低く旋回して吳れたので之れに勢ひを得其の機の去り行く方向に隨つて前進した所、天佑にも匪賊に遭はず安全に城門に着くことが出來た。

朝陽鎭への傳令の歸つた事を大聲に叫べば砲臺上より兵士の歡聲湧上り直ぐ城門は開かれ入城し守備隊長としつかり手を握つた時の高氏の眼には涙が光つてゐた、高氏は更に一同の感謝の聲に再生の思ひをした、時に九月十五日午前十時、朴、李兩氏の家族は高氏一人の歸りを見て途中の不幸を想像して悲しんだが之又幸に二人共間もなく歸り着いた。

吉林西方吉長線下〇〇方面に出動中であつた騎兵第〇〇隊の主力は磐石の急を聞き急遽救援十六日午前二時入城、更に步兵部隊も亦入城して敵は四散し治安は確實に維持せられた。

〇隊長は入城と同時に三勇士の功を賞し親しく其の勞を犒つて金百圓を贈

二一

伏姿を執り亂射すると彼等も亦應射したが幸に五、六分で退散した、更に前進を續けて大豆畑に身を潜めながら靠山屯を過ぐ一里の地點に來た時十四日の夜はほのぼのと明けたので身を隱す爲め高粱畑の奥深く分け入り高粱を打敷き横臥すれば暫らく前後も知らず熟睡した。

空腹甚だしいので玉蜀黍畑に移り、玉蜀黍を燒いて飢を凌いでゐると中空かすかに『プロペラ』の音がする更に萬歳の聲幽かに聞え爆音頻りに轟く、三人は思はず手を取り合つて畑の中で躍り上つた、日沒を待つて出發し避難民を裝つて深更漸く磐石停車場附近に到著した、然し夜半の歸城は池も危險なので暫らく高粱畑に假眠し夜明を待つて前進すると退散して來る敵に遭ひ周章て、畑の中に逃れて身を隱した、此の時迄三人一所であつたのに餘り狼狽したので離れ〳〵になりお互の連絡は絶えた。

折柄高氏は飛行機の頭上に飛來るのを見て隱し持つた日の丸の小國旗を高

と對峙中であり當地守備の重任を持つて居るので救援の爲め出動し得ない
のは耐へ難き所だ、然しもう既に〇〇に傳書鳩を以て磐石の急を報告した
から夕方頃迄には飛行機の來援がある筈だから安心して一時も早く此の事
を磐石籠城の友軍に告げ彼等を勵まして吳れ』

と懇切に說き聞かせたので高氏以下三名は更に勇を皷して一同に告別の後同
地民會に到り同會職員の用意周到な配意に依つて歸磐の準備を整へ、朝陽鎭
街を出たのは其の日の夕陽の頃であつた。

心中寂寞を感ずるに加へて四日間の睡眠不足と前夜降雨を冒して不眠不休
道なき山野を進んだので疲勞は一時につのつて來る、行きては休み憩みては
行く殊に夜に入つては睡魔頻りに襲ひ步み遲々として捗どらない、前夜枕木
の焚火のあつた地點に近づくと餘燼まだ赤々としてゐるが數十名の大刀會匪
が休んで居て早くも三名を發見して迫つて來た、三人共線路から轉び落ちて

一九

『何？通信？』

と云つて手早く開いた、一覧の後決死の行動を嘆賞し勞を慰めて被服の乾燥
やら其他親身も及ばぬ世話を受け高氏は苦痛を忘れ感涙にむせんだが然し未
だ此の時になつて來らぬ友の身を案じ朝食を喫する氣にもならず色々高粱畑
に待つてゐる友に通知の方法を依頼してゐる時總領事館警察官出張所から兩
人共同所に着いた知らせを受けてやつと安堵の胸をなで下した。時に九月十
三日午前十時頃であつた。

暫らくして中隊長に呼ばれて磐石の狀況を聞かれ返信三通を認め三人に分
與して直ぐ磐石に歸る樣に云ひ渡された。三人は來る時は如何に苦勞する共
歸りは救援軍の先頭に立つて意氣揚々磐石に歸れるものと確信してゐたのに
今此の命令を聞き痛く落膽した、之を看取した中隊長は

『磐石の急を救ひたいのは友軍の情として山々だが當隊も亦此の通り匪賊

一八

三人額を集めて協議の結果三名の内此の附近の地理に最も精しい李氏を先行
入城せしむることに定め李氏は武器を他の者に托して先行した、三、四時間
も經過したが更に消息がない不安は益々つのる、そこで高氏は遂に意を決し
て武器を朴氏に托し

『若し自分迄も不幸目的を達し得ず何等此の地點に連絡せぬ時は夜に乘じて
海龍に行き目的を達せよ』

と依賴して高粱畑を躍り出で砲壘に向け兩手を高く揚げて突き進むと再び猛
射を浴びせられたが臆せず進めば天の助けか銃聲も止み、やっと滿洲國正規
軍の步哨線に到著し得た。

避難鮮人だと申出で步哨線の通過を許され朝陽鎭驛前の日本守備隊に到著
した出て來た曹長に傳令である事を告げ通信を差出した。

曹長は

一七

出て歩み大なる危險に出遭はず磐石より三里の地點靠山屯驛に來た。

靠山屯以南は道暗く鐵道各所破壞せられて行手は極めて困難だ、それに雨さへ沛然と降つて來たが勿論三人共雨具等あろう筈がなく、びしよぬれにぬれつゝ勇を鼓して前進した、折柄行手に、火陷の上るのを見て匪賊の野營かと近寄つて見れば邊りに人なく破壞の鐵道枕木を山積放火せるものであつた再び力行して漸く目的の朝陽鎭郊外に着いた時は東天旣に白み雨又小降りとなつた時であつた。

市街の狀況を窺ふと同地も亦匪賊の襲來を受けてゐて警戒頗る嚴重、入城の容易ならぬのを思はしめた、今迄の無事を喜んだ違もなく更に此の難關突破に苦心焦慮した、大刀會匪の假裝は已に途中で脱ず捨てゝ來たが依然支那服を身に纏つて居るので危險を感じながら徐ろに前進砲臺を距る約七、八百米突の所に着いた時俄然猛烈な射擊を受けた、止むなく附近の畑に身を隱し

決して後顧の憂亦無し、いで二千三百餘名の同胞の爲め死すとも此の目的を

達せんと眦を決して起つた。其の決心や悲壯、並居る者涙を吞まぬはなかつた。

かくて十二日の赤い夕日が高粱のあなたに傾き沈む頃豫てぶん取つた大刀

會匪の服を着け大刀を横へ南面砲臺から勇士の進路を開かんが爲めの威嚇射

撃の下を潛り泣いて送る家族、激勵する友人の聲を後に大南門を出發した。

警察分署の裏道を六十米突も潛行すると早や七、八名の匪賊に出遭つた、

そこで一策を案じて

『迎も日本軍の射撃が猛烈で、襲撃して來る模樣だ退却だ退却だ』

と僞り叫ぶと幸にも感ずかれず賊も共に逃げ出した、先づ第一の難關敵の警

戒線を突破し幸先よしと天に祈りつゝ南山に登り、豫て打合せの通り油に浸

した布片に點火して打振り無事脱出を城中に告げて急いで前進するると又八、

九名の匪賊に遭つた、畑中に身を隱して賊の通過を待つて前進、鐵道線路に

一五

九月十日以來匪賊の重圍に陷つた磐石は吾が精兵警官に依り固守せられて
ゐたが敵は目に餘る大軍、味方は僅かの孤軍、通信は絕え糧食缺乏し連日連夜
の活動に漸次疲勞困憊の樣見え而も援軍の來る見込なく敵は日に新手を替へ
て肉迫し來る二千三百餘名の同胞は座して死を待つの外なき狀態となつた。

そこで民會長や民會職員は誰か此の重圍を脫して友軍に此の窮狀を傳へさ
せる者はないかと協議した、そして數ある志願者の中から高氏外二名を選び
隊長相澤中尉に傳令として友軍に連絡方を申出でた。

中尉は此の申出でに感謝したが暫時考慮すべき旨を告げ沈思默考すること
約半日遂に申出での三氏を傳令として約九里離れた朝陽鎭の友軍に派遣する
ことに決した。相澤中尉は傳令三名を集め途中の心得や、色々な注意を與へ尙

ほ三名中拳銃を持たなかつた一名には自分の拳銃を與へた、三氏は萬一の場
合家族の保護方を懇願すれば中尉は胸を打つて之を快諾した、三氏既に意は

一彈雨を潛りて
味方の窮狀を友軍に報告した
朝鮮靑年三勇士

吉林省磐石縣磐石城內居住

高　元　成　氏

朴　京　學　氏

李　成　完　氏

昭和七年九月見事敵の重圍を脱して磐石の窮狀を朝陽鎭にある友軍に報告
救援隊出動の緒を造り磐石の同胞二千三百餘名の生命を救つた熊本城の谷村
計介に劣らぬ青年三勇士高氏外二名の偉勳は涙なくして聞かれない美談、永
く後世に傳へて同胞の誇とすべきである。

一三

義

勇

事それに全部落擧つて此の美擧には感心せずにはゐられない。

八 學校の職員兒童、父兄の熱誠こつて
國防千圓貯金の開始

忠南 大田邑

大田第一公立高等普通學校

此の非常時の覺悟を固める一手段として職員、生徒、父兄一體となつて向
ふ十箇年間に金一千圓以上を貯蓄して之を國防費として獻金する事を申合せ
昭和六年冬以來職員は每月十錢生徒は一錢宛を貯金し始めた。

大海の一滴と云ふ勿れ實に我皇國を護るものは富者の萬燈でなくしてかう
云ふ貧者の一燈であらねばならぬ。

二

七　部落民擧つて一錢貯金
出來たお金を國防獻金へ

慶南東萊郡日光面三聖里

部落民　二百二十餘名

一〇

三聖里の部落は内地人三戸の他皆な朝鮮の人ばかりであるが内鮮人の間は極めてよく至つて平和な村である。滿洲事變發生以來各地に起つた愛國機獻納の話は此の村にも傳はつた、そして建造資金の獻納の議が持ち上つて有力者の發議で國防費一錢獻金會と云ふ會が出來上つたのは昭和七年の春早々の事である、塵も積れば山となるの假へ三月十四日には拾圓九拾錢と云ふ纏つたお金が蓄つた代表者の金田氏は之を釜山憲兵分隊に持參して獻金の手續をした、聞けば此の村には其の日の生活にも困るやうな人がたくさんあるとの

事だと敎へられて居ました、所がある日學校の揭示板に「今度新しく龍
頭山に國旗揭揚塔を建てる」書出しを見ました一同此際何とかして自分
等が働いて獻金しようと思ひつきました、校長先生にも相談しました、
色々考へた末休み中を先生方の御世話によつて少しばかりですが儲けま
した金を今獻金しようと思つてゐます、どうぞよろしく受取つて下さい。
これで吾々も日本國民の一人として義務を果したと思へば嬉しくてたま
りません。

昭和八年一月三日

　　　　　　富民公立普通學校販賣實習生

　　　　代表　李　滿　雨　(以下略)。」

九

外 二 二 名

八

釜山府では府民自力更生運動の具體的表象として昭和七年末國旗揭揚塔の建設を計畫し其の資金を一般に仰ひだ。すると各方面から種々美しい醸金が集まつたが中でも前記李さん外二十二人の兒童達の行ひは實に涙ぐましい程のものであつた。李さん等は豫て學校で國旗尊重の話を聞き殊に『我等も日本人だ』日本人である以上何とかして今度の國旗揭揚塔に獻金し平素の心持を披瀝したいものと各申合せた上黑木校長に相談し年末休暇を利用して滿洲飴の販賣實習を試み純益金八圓十八錢を得次の樣な手紙を添へて府廳へ屆出た、此の美しい心掛けに係員一同涙と共に稱へた。

『我々はいつも府の──いや國家の御世話になつてばかりゐます、何時も頭の中に有難いと云ふ事ばかり考へました、私どもはかねて校長先生や受持の先生から國旗を大切にすることは日本人として忘れてはならない

き渡つた、そして紀元節當日多くの朝鮮家屋の軒端には兒童の赤誠を物語り
つゝ國旗が飜翻として風にたなびいてゐた、次で三月十一日にこの美しい朝
鮮兒童の赤心と努力に依つて得られた金五十圓九十錢は愛國機の一部となつ
たのである。

四月十九日愛國機朝鮮號が大田の上空に銀翼を飜した時兒童は雀躍歡呼し
て之を迎へ大田郡内の多くの朝鮮の人の家屋には此の意義深き國旗が心から
歡迎するかの如く風にたなびいてゐた。

六　國旗掲揚塔建設計畫を巡り
涙ぐましい學童の美談

釜山府富民公立普通學校兒童

李　滿　雨　さん

七

忠南大田第二公立普通學校

生 徒 　六 百 餘 名

六

朝鮮人の家屋に國旗の揭げられないのは國家觀念の薄いのを表現するものとして申譯ないと感じてゐた大田普通學校の兒童たちは昭和七年二月上旬全兒童から二錢宛の金が集められた。そして此の金で材料を仕入れて國旗を作製し市價よりも安價に販賣し國體觀念の普及と共にその利益を以て飛行機獻金にしようと計畫した。

三百餘名の女生徒は國旗の作製に勵み三百餘名の男女生徒は之れが販賣に努めた。

約十日間やがて來るべき紀元節を目標に夜を日についで兒童達の努力は拂はれた。

かくして二千本の國旗が作られると共に兒童達の赤誠を含み大田郡内に行

慶南山清郡山清面塞洞

朴　德　順　さん

朴さんは普通學校を卒業して直ぐに同じ面に開業してゐる内地人醫師の家
に見習看護婦として勤務中滿洲事變で看護婦が從軍する新聞記事を見て深く
感激し自分も同じ日本帝國の臣民である國家の爲め御奉公をせねばならぬと
履歴書と共に願書を所轄の警察署に提出して從軍を志願したので警察署では
之を釜山憲兵分隊へ採用取計方の奥書を付けて廻したが遺憾ながら希望に副
ふ事が出來なかつた。

五　鮮童國旗を作製して販賣し
　　國體觀念の普及と愛國機建造基金に

五

『前略私は寒村農家に生れ、時代の流れも知らぬ愚か者ですが風雲急なる満洲の事情を新聞などで拜見しては思はず血潮が湧き立ち二十歳の吾が身をちつとしては居れません、何うぞ國の爲めに働いてゐる在滿將兵にこの書面をみせて士氣を皷舞して下さい。

星州郡龍頭面龍亭洞

金　守　用　血判

『血判』

北滿勇士に對する銃後の熱情は實に物凄い朝鮮人の血判嘆願は之を以て嚆矢とする。

四　從軍看護婦を志願した

奇　特　な　少　女

れて送る者送らるゝ人感激又感激の中に田さんも六尺餘りの竿に國旗を付け
て人の波と一所にそれを打振り「萬歳」「萬歳」と叫んでゐた。
邑長は特に田さんを列車前に連れ出した折柄發車と共に輸送指揮官は兩眼
に涙を湛へ此の老女に敬虔な擧手の禮をなせば老女亦涙を泛べて「萬歳」と
答へる、將に劇的シーン、瞬間邊りの送迎者亦一樣に感激の涙を見せた。

三　愛國の情熱迸る

一青年の血判

慶北星州郡龍頭面龍亭洞

金　守　用　氏

愛國の熱情迸る　一青年金氏は昭和八年一月十六日大邱憲兵隊に次の樣な血
判の書狀を寄せ係官を感激せしめてゐる。

さんの心は感激の極に達し見えぬ眼より落つる感激の涙は頬を傳はつた。

昭和七年二月二十九日の早朝杖を手頼りに大田憲兵分隊を訪れて

『之れは生活費を節して積んだほんの僅かですが肉彈三勇士の物語りを聞いて感激しました貧者の一燈です、どうぞ國防費の足しにして下さい』

と金二圓を差出した按摩さんがあつた、成さんであつた事は云ふ迄もない。

二

二　皇軍を出迎へた
六十婆さんの熱誠

忠南大田邑東町一

田　收さん

驛頭は出征軍人の特別軍用列車を送る人で埋まり國歌軍歌高らかに合唱せら

吐く呼吸も氷る樣な昭和七年十二月十八日の眞夜中午前三時と云ふに大田

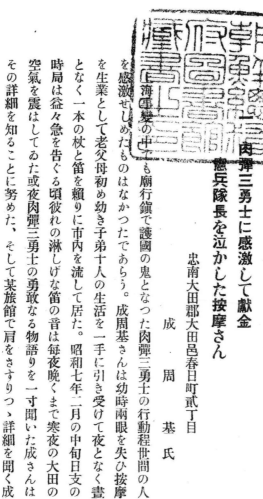

肉彈三勇士に感激して獻金
憲兵隊長を泣かした按摩さん

忠南大田郡大田邑春日町貳丁目

成　周　基　氏

廟行鎭で護國の鬼となつた肉彈三勇士の行動程世間の人を感激せしめたものはなかつたであらう。成周基さんは幼時兩眼を失ひ按摩を生業として老父母初め幼き子弟十人の生活を一手に引き受けて夜となく晝となく一本の杖と笛を賴りに市內を流して居た。昭和七年二月の中旬日支の時局は益々急を告ぐる頃彼れの淋しげな笛の音は每夜晚くまで寒夜の大田の空氣を震はしてゐた或夜肉彈三勇士の勇敢なる物語りを一寸聞いた成さんはその詳細を知ることに努めた、そして某旅館で肩をさすりつゝ詳細を聞く成

一

愛

國

朝鮮憲兵隊
司令官

正　直

七

六

自立自營

四

公益、公德

三

二

朝鮮の人の篤行美談集　目次

愛　國

義　勇

一

昭和八年一月八日

陸軍少將　岩　佐　祿　郎

七

の實績を舉げ度いと願つてゐる、朝鮮の人の有識者諸君もよく吾人の意のあ
る所を諒とせられ相提携して併合の目的理想の貫徹に協力せられん事を希望
して已まない、蓋し朝鮮の人の無學無識者を指導薰化するには朝鮮の人の有
識者有力者に如くはないからである。

之を要するに『内鮮融和』は現下内鮮人の共に努力すべき重大使命であり
最も崇高なる義務である内鮮融和によつて併合の目的は達せられる。孟子は
『天の時は地の利に如かず地の利は人の和に如かず』と云ひ、中庸には『中
は天下の大本なり和は天下の達道なり中和を致して天地位し萬物育す』と云
ふてある、畏くも　今上陛下御踐祚に際しては元號を昭和と定められた事を
拜察しても御聖慮の程が偲ばれる。

本册子によりて眞に朝鮮の人を理解し得る者が一人でも多くなることを熱
禱して已まぬ次第である。

六.

自分が今回部下全鮮の憲兵隊に命じて朝鮮の人の篤行美談を集め之を廣く

世間に紹介する所以のものは内地人の誤れる態度を一掃して朝鮮の人に對す

る侮蔑的言動を排除し、之に代ふるに尊敬心や同情心を起さしめて内鮮融和

の一助となしたき念願に外ならぬ。

抑々憲兵隊として内鮮融和を畫策するは一面職務外の事の樣にも思はれる

けれども自分は決してさうは思はない、朝鮮憲兵は國家警察機關としての立

場上帝國無窮の大計だる併合の完成と云ふ大使命を擔ふて居ると信じて居る

のである、而して二千萬の朝鮮の人を眞の同胞として堅く團結させることが

出來たならば治安維持の任務の大半をも自ら達成して居ると解するものであ

る。乃ち吾人憲兵は先づ内鮮融和を計つて二千萬の朝鮮の民衆を眞の日本國

民とすることを一大使命と考へてゐる。

右の樣な考のもとに將來も内鮮融和に資する計畫を逐次遂行して内鮮融和

五

的に慈悲仁愛の心を以て朝鮮の人に接することである、仁愛の精神――深き同情心があれば侮蔑や貪慾の氣持は起らない、よく朝鮮の人の歴史と環境とに同情して之に接することが極めて必要である。

次には朝鮮の人の美點長所を知ることである、兎角内地人は朝鮮の人の短所缺點のみを知つてその長所美點を知らぬものが多い蓋し内鮮融和を阻害する癌はこゝにありはせぬかと思はれるのである、美點長所を知れば自然その人格を認識して尊敬の念が油然として湧き起るものである、仁愛と尊敬これ親和融合の最大要素である。

由來内地人中には徒に優越感を抱いて朝鮮の人を侮蔑し或は彼等の無智に乗じて利慾を貪らんとするものも絶無でない、之では到底内鮮融和を成就することが出來ぬのみか却つて益々反感の溝を深くするばかりである、内鮮融和促進の方法としては他にも色々あるけれども今此處では詳論を避ける。

四

生活を營んでゐることは朝鮮の歴史を知るものゝ等しく首肯する所である。

然るに何事であらう或は民族主義を抱懷して朝鮮の獨立を企圖し或は共産主義に墮して朝鮮の革命を畫策するものなど其の跡を絕たざるは遺憾の極みなるのみならず斯種倂合の精神に背反したる蠢動は反て朝鮮の人自らを一步一步不幸の淵へ逐ひ込むものであつて朝鮮の人の爲め痛惜に堪へぬ所である。

惟ふに今日朝鮮の人の進むべき道は從來の民族觀念を潔よく拋棄して大和民族の中に沒入し眞乎の日本帝國臣民に成り遂げる一途あるのみである。故に內地人も宜しく眞劍に從來の態度を再吟味し純乎たる兄の愛を以て朝鮮の人を遇すべきである。然しながら斯の如きは謂ふに易きもいざ實行となれば難中の至難事であるけれども覺悟の如何と方法の如何とに依ては敢て不可能ではない、其處で內鮮融和促進の方法如何が緊切の問題となるのである。其れには先づ第一に精神的要素として內地人自らが道義的に目覺めて積極

三

衆ノ福利ヲ増進セムカ為ニハ革新ヲ現制ニ加フルノ避ク可カラサルコト瞭

然タルニ至レリ

朕ハ韓國皇帝陛下ト與ニ此ノ事態ニ鑑ミ韓國ヲ擧テ日本帝國ニ併合シ以テ

時勢ノ要求ニ應スルノ已ムヲ得サルモノアルヲ念ヒ茲ニ永久ニ韓國ヲ帝國

二併合スルコトトナセリ

實に日韓併合は千古を貫く史的一大聖業であつて東洋禍亂の根源を除去して

和を永遠に保障し同胞悠久の康寧福祉を齎すもので人類史上燦として光彩

を放つて居るのである。

されば内鮮人には此の併合の詔書渙發に因て融和團結共存共榮の實を擧ぐ

ることに精進努力せねばならぬ新なる大使命が課せられたのである。

飜て朝鮮の現狀を見るに併合後朝鮮の人が我が皇室綏撫の下に立ちてより

外は外患の憂なく内は生命財産の安固を得て朝鮮有史以來の安寧幸福なる

二

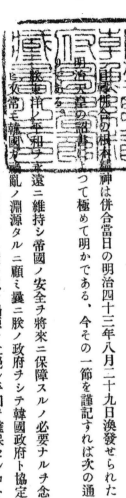

朝鮮併合ノ御祖神は併合當日の明治四十三年八月二十九日渙發せられた明治天皇の詔書に依って極めて明かである、今その一節を謹記すれば次の通

朕東洋ノ平和ヲ永遠ニ維持シ帝國ノ安全ヲ將來ニ保障スルノ必要ナルヲ念ヒ又常ニ韓國ガ禍亂ノ淵源タルニ顧ミ曩ニ朕ノ政府ヲシテ韓國政府ト協定セシメ韓國ヲ帝國ノ保護ノ下ニ置キ以テ禍源ヲ杜絕シ平和ヲ確保セントコトヲ期セリ

爾來時ヲ經ルコト四年有餘其ノ間朕ノ政府ハ銳意韓國施政ノ改善ニ努メ其ノ成績亦見ルヘキモノアリト雖韓國ノ現制ハ尙未タ治安ノ保持ヲ完スルニ足ラス疑懼ノ念毎ニ國內ニ充溢シ民其ノ堵ニ安セス公共ノ安寧ヲ維持シ民

一

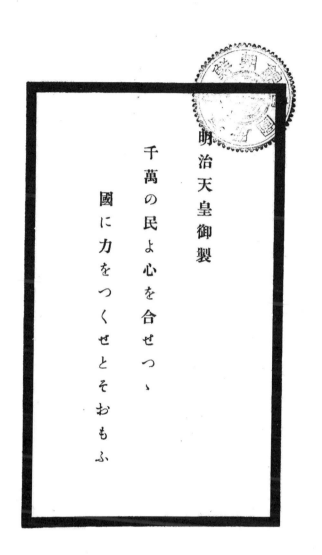

明治天皇御製

千萬の民よ心を合せつゝ

國に力をつくせとそおもふ

本册子は内鮮融和の資料として蒐録したるもの

参考として配布す。

朝鮮の人の篤行美談集

第一輯

朝鮮憲兵隊司令部

[영인] 篤行美談集 第一輯

여기서부터 영인본을 인쇄한 부분입니다. 이 부분부터 보시기 바랍니다.